幻の随筆集

ダンナの骨壺

高峰秀子

河出書房新社

ダンナの骨壺

——幻の随筆集

◉

目次

＊1970年代（46～54歳）

装幀——友成　修（データ作成・枠元治美）

ダンナの骨壺——幻の随筆集

＊１９４０年代

（22歳）

私の日記

○月○日

今日はつくづく気持の良い風景を見た。

銀座のアスファルトの車道を、ピタピタと小さな足音をさせて、一人の戦災孤児が私の前を歩いていた。はだしの足音は、都会の騒音の中でも私は確かに耳にした。歩いている人々、走る電車、ジープ、すべての人々は、あまりにも見慣れた風景のため、それほどの注意を払ってはいない。

あるいは、私もその一人だったかもしれない。

と、私の背後から、一人の進駐軍の兵隊さんが、つと近くによって、その子供の手をとって近くの下駄屋さんに入り、紅緒の小さな下駄を買ってやった。

私の目の前で、いとも簡単に行われたこの行為に、私はふと忘れかけていた心の奥底の暖かい灯がともされた感じがした。その紅緒の小さな下駄と、子供のビックリしたその時の顔は、家へ帰った今でも目に浮んでくる。

○月○日

雨の日、なんだか朝から疲れている日、もう明日で日劇の「ハワイの花」も千秋楽だ。本当に疲れ切ってしまった。

しかし、次の仕事、島崎藤村の「破戒」でお志保の役がきまっている。久しぶりの阿部先生の文芸ものである。

からだは疲れていても、待ちに待っていた映画の仕事に、希望が次々に浮んでくる。

楽屋でこんなことを考えながらフィナーレの舞台に立って全員合唱、アロハオエ、アロハオエ、美しきハワイの花……

楽屋でいつも鼻が大きいとか、鼻のおでことかひやかされていた私は、ハッと驚いて、まあなんてひどい人達でしょう、と、思わず顔が真赤になった。幕が下りて、私はやっと自分の錯覚に気がついたのです。それは、アロハオエ、アロハオエ、美しきハワイの鼻、と聞えたのです。疲れ切るとこんな錯覚がある。人間って割合弱いものだ。

○月○日

とうとう舞台も終ってしまった。昼過ぎまで家にねていたら、すっかり元気が回復した。

これで二三日仕事がなかったら、自分でもきっとからだのもちあつかいに困ることだろうと判り切っている。どうせ暇があるとろくなことは考えないから、これからせいぜい本でも読んで、「破戒」の仕事まで勉強しようと思う。

夜、今までたまっていたファンレターを整理する。

ファンレターというものは、いつ見ても大体同じようなことが書いてあるけれども、私のファンの層は若い人が多いので、おそろしくキバツなのや、新鮮なのや、新聞の代用品のごときものから、胸のときめくような美しい文字のものなど、今の若い人たちの気持を手にとるように知ることが出来てなかなか馬鹿に出来ないどころかアレと思う時もある。

今日よんだファンレターの中にこんな可愛いいのがあった。中学生で、坊ちゃんらしい字体で、きちんと書いてある。

……前略、何かのゴシップで見ましたが、あなたは強度の近眼とのこと、おどろきました。しかし、往々にして、この種のゴシップはいいかげんなデマもあるので、信用してはいませんが、若《も》しもあなたが近眼鏡でもかけることがあれば、それこそあなたのファンは、大半あなたから離れることでしょう。

現在の顧客の大部分は質が落ち俳優の芸よりむしろその顔に引きつけられて、その善悪によって批評をいいかげんにこじつけるような傾向にあるようです。

しかし、もしあなたが近眼鏡をかけたにしても、勉強次第によって、決して一流スターとしての貫録をおとすようなことはないと思います。しかし、どうかそんな近眼鏡をかけるようなことになるまで、近視の度を進ませないで、十分用心して下さい。後略……

この人は大部眼鏡が嫌いらしい。本当のところ、私が眼鏡をかけた図は、お月様にメガネみたいで、あんまりみっとも良くはないだろうと思う。

私は本当に近眼ではあるが、度を進ませないようにとは、少し無理な注文だと思うが、こんな手紙をよむと、進ませないよう気をつけようかな、と思うから妙だ。

私はファンレターをよむ時、決していいかげんな気持でよんだことはない。

ファンレターは貴重である。それは実に、適確に若い人の気持を知り、そして、ある場合は、それを通じて大きく云えば世の中の動きを知ることが出来るから、残らずよむことは、私の毎日のかかせぬ勉強の一つである。そして私の仕事への鞭であり、また優しいほのかな慰めでもある。

すっかりよんで整理したら、十二時過ぎになってしまった。ネムイネムイ。

〇月〇日

また、雨。ゆっくりと応接間で本をよむ。

窓の外には真紅なダリアが雨にうたれてうなだれている。一寸《ちょっと》見たところ椿の花かと思った。

椿の花で思い出したが、漱石の「草枕」だったか、その小説の主人公が山の沼のほとりに立たずんで椿の花の落ちるのを見ているところがある。

鬱蒼と茂ったみどりの中の、どす黒く淀んだその沼へ、二つ三つと真赤な椿の花が落ちる。

漱石は、それをまるで血のしずくがしたたるようだと書いていた。

同じ椿の花の落ちるのを、森田たまさんは「ゆく道」で、こう書いている。

〝うらうらと照る陽の中で、椿の花の落ちるのを見ていると、お祭の花かんざしでも捨てるようで美しい〟

同じ椿の花でも、勿論その時の環境にもよるが、見る人によってこんなにもちがうものか。

二人の作者の性格、心、姿まで目に浮ぶような気がする。

私などあまり忙しく働いて、人との交際ばかりしていないで、時には今日のようなゆっくり本をよむ時間が絶対に必要だと、つくづく思った。

○月○日

いよいよ今日から阿部組の仕事。私の相手の瀬川丑松先生に、復員第一回の池部良さんが決っていた。池部さんが帰ってきたと聞いたとき、本当に嬉しかった。

池部さんの新鮮な姿態と、果物のような小さな顔を始めて見たときは、なんだか胸がすーっとしたような気がしたことを覚えている。間もなく、池部さんも戦争の中にかくれてしまって、五年振りで元気な姿を撮影所に現したのだ。

先日撮影所で逢った池部さんは少しやせたように見えたが、前より骨っぽく、一寸大人っぽくなって、声も前より幅が出たような気がした。

相変らず、竹のような体のテッペンに、果物のような顔がニコニコしていたので、ああと安心してしまった。これから二人でうんと勉強して「破戒」をいい映画にしたいものだ。

（『映画ファン』1946年12月）

デコの落書帖　（24歳）

喧嘩の話

私は小さい時からきもったまが小さいくせに鼻っぱしが強くってケンカは大好きだった。けれど弥次馬的なふざけ半分なものが多くって本当に怒って相手に向って行ったと言う事は少ない。

今でもおぼえているのは小学校三年の時に休み時間で私達がおとなしく遊んでいる所へ六年の男の子達がやって来て私達の受持ちの女の先生の悪口を散々に言った、その言い方があの声変りでもしようと言う生意気盛りのイヤらしい口調だったし、私達としては受持ちの先生の悪口を言われるのは何よりのブジョクであったから、さあ教室へ入ってもムカムカして落着かない。

私はしばらく黒板とにらめっこしていたけれど如何《どう》しても腹の虫が納まらず、こっそり一人で教室をぬけ出して六年の教室へのりこんで行った。いが栗のあだ名は忘れたけれど、一ばんこわい男の先生が何か演説していた。ガキ共はタドン頭を並べてけろりとして神妙にそれをきいている。

私は後の戸口から入って行って「先生！」と叫んでガキ共を指さして運動場の一件を言いつけ

た。ガキ共は「この野郎」と言う様な顔付きで、私をにらんでいるけれど、いがくりがフムフムと聞いているので何にも言えない。

私は溜まっていた言葉を全部はき出してしまうと先生が「よく判った」と言うのをきいて、風呂上がりみたいな気持ちでゆうゆうとガイセンした。

ガキ共はそれ以来私の顔をみるとイヤアな顔をして近づかなくなった。

その他、夜銀座から一人でタクシイにのった時大人の人が料金も行先きも決めてよんでくれたタクシイなのに、さて走り出すと雲助みたいな声を出して「いってえ、いくらくれるンですィ」と言う。しゃくにさわったから「アラさっき決めたでしょう?」と言うと「フン決めただけでのられちゃかなわねえ」何の彼のとぐずぐず言ってる。その言い方たるや実にイヤらしかったから「私だって銀座をしょっちゅう歩いている女よ。その位のことは言われなくたって知ってるよ。女一人だと思って馬鹿にしなさんなよ、嫌ならここで下ろして頂戴、番号をみておいてあとから払うもんはちゃんと払って上げるわよ」とブルブルふるえながらタンカを切ってドアをあけると雲助おどろいて「ナ、ナニ?　番号をみておいて如何《どう》しようってんだオイ!」と今度は本気でなぐりかねない勢で運転台からとび下りてスゴンでいる。

私はそれでもかたをいからして一寸《ちよつと》見得を切ると(その時たくさんの荷物を両手にぶら下げていたので残念ながらあんまりスマートなかっこうではなかったけど)さっさと他のタクシーをよび止めて乗り込んだ。

行先きへ着くと(それは白井鉄造先生の御宅だった)玄関をあけると同時に急にこわくなって

エンエン大声で泣いてしまった。

十九歳の頃だった。

その他最近ではインチキ新聞やとインチキホケンやと大げんかを演じた。

ものの言い方で角が立つので近頃はとかくエラソーにものを言うチンピラがふえて来たし、しゃくにさわる事もずいぶんあるけれども最近はもうこっちがズルくなったのかアキラメてしまったのかああつまらんと思って、トウフみたいな態度をする事にしている。でもたまにはポンポンとけんかの一つ位しないとだんだん自分がすすけてイキが無くなってしまう様な気がする。

ソントクの話

こんな商売していると思わぬトクする場合とソンする場合があるでしょうネ、とこの間誰れかに言われた。

「ええソンの方が多いです」と答えたけれど全くそのソンは精神的にやり切れないソンをする場合が多い。

例えばものを喰べに入ってこんでいたりすると特別に早くしてくれたり、映画館の前で行列していると「お入ンなさい」と案内ガールが呼びに来てくれたりする。

そんな時有難いは有難いけれどその親切を受けた後一緒に並んでいた人達に「何ンでぇズウズウしい」などと言われやしないかと後々まで気が重い。

そうかといってゴージョー張っていれば面白がって人は見るし聞こえよがしにいろんな事を声

高かに言われるし困った事だといつも思っている。

物を買いに入ると無理して店中大さわぎして奥から良いものを出して来てくれるけどそれが又ベラ棒に高くって冷汗をかいてしまうものの結局如何《どう》しても買わなくてはならぬ破目になってさいふの底をはたく事がいくらもある。

私は花が好きでとどけ物や訪問の時にはいつも花を買う。

花やさんでは「高峰さんおまけしますヨ」と言って原価の様な値段で売ってくれる事もあるし他の店では同じ日に買っても物すごく高くってびっくりする事がある。

こんな事で明けても暮れても気を使ってピリピリしていなければならないのでいつも外出してかえって来るとソンもトクも無く、くたくたに疲れてしまう。

志賀直哉先生と谷崎潤一郎先生

私は前から志賀先生の大のファンで、もうどうのこうの文句なしにスウハイ者であり、私のいわゆる大好きな人は「志賀先生」なのであったから、その喜こび方といったら一寸《ちよつと》したもんだった。

谷崎先生の「痴人の愛」は前からやりたいと思っていたのだが、望み叶って今度映画化される事になっている。とにかく両先生に御めにかかれると言うので心わくわくどきどきで自称、バッタのお秀も前の晩などはねむられぬと言うさわぎだった。

×月×日

志賀先生の御宅は熱海と湯河原の真中辺の美しい高台にある。土間のある京風の美しいお宅だった。先生と奥さんとお嬢さんがお出むかえ下さって「さあさあどうぞこちらへさあ」と優しく案内して下さる。

リヴィング・ルームから正面に初島がみえお庭のたった一本の紅梅が静かに雨に煙って美しい。私はものすごいキンチョウ振りで、一てんをみつめたまま、コチコチになってかしこまっている。椅子にかけていても宙にういている様でギコチなくおぼつかない。首をまわすとギイとでも言いそうだ。溜息が出る。肩がこる。お嬢さんが私のファンとかお聞きしたので持っていた写真を差上げる。

お嬢さんはそれをそっくりお父様に渡される。先生は黒ぶちの眼鏡をおかけになってフームフームとニコニコしながら一枚一枚ゆっくりと御らんになるので、私はもう恥かしいし逃げ出したくなった。奥さんとお嬢さんが代る代るお茶とお菓子を運んで下さる。

内外の映画のお話、先生の作品の映画化等のお話が出る、先生は本当によく映画を御らんになっていらっしゃるのでびっくりした。

私は自分が少年俳優だったら「小僧の神様」を演りたいと口の中でもそもそ言うと先生はニコニコしてそういいかも知れんねえと仰言った。先生の窪んだ御眼は美しくって上品でそして優しかった。

あごの山羊の様な白いおひげがお話する度こまかくふるえる。

私は先生とお話するとは名ばかりで何か言おうとするとほっぺたへカーッと血が上る。声はのどへひっかかってスウスウ言うばかりでさっぱり音になって出ないのには我れながらおどろいた。こんな事は私にとっては生れて始めてのケイケンだった。先生は最近出版された「にごった頭」と「蝕ばまれた友情」にサインをして下さった。

私は嬉しくって嬉しくってそれをひざの上にのせてはなさない。

文藝春秋の写真班がパッパッとフラッシュをたく、写真やは嫌いだけれど今日だけは違う。不良のフラッシュ等あると真剣になってがっかりする。これもまた生れて始めてのケイケンだった。お茶をいただいてお菓子をいただいて、雨はまだしきりと降っている。

二時間もお邪魔をしてしまったのでそろそろおいとまする事にして、いやいや腰を上げる。また御三人で送って出て下さって、傘がどうの靴がよごれるのと世話を焼いて下さる。先生は御手製だがころぶとあぶないからと一本の杖を下さった。私はそれにすがって、ふり返りふり返り坂を下りた。バスにのると一度に疲れが出てもうがっかりしてしまった。

こんなにシンから疲れたのもまた生れて始めての事だった。


（『鏡』1948年11月）

デコの落書日記

（24歳）

×月×日

虹を抱く處女撮影第一日。

小原〔茂助〕キャメラマン最初のこころみで画面の奥までピントを合わせるためレンズをうんとしぼるのでライトが今までの五倍という、ものすごさ、それでなくとも夏のセットは汗が多量に出るので一日終ると長湯の後みたいに手がしなびて体中カンソウしてしまいフラフラになってしまうのである。

コンコンと言いきかされてカンネンの上セットに入る。なるほど明るいの熱いのってお話にならぬ程のすごさ。

病院のセットで白かべに白のユニホームときているから眼玉そのものが白くなったんではないかとサッカクを起す。

佐伯〔清・監督〕さんとは始めてのおつき合い、

新しい映画の第一日というものはいろんな意味でとても疲れる。五時開放されてフラフラとセットを出る。骨まであつい。うちわで、あおいでもぬれ手ぬぐいを頭へのっけてもなかなかさめないで弱った。

×月×日

三村秀子さんとベッドにねているシーン。

ライティングの最中二重の（セットの上の足場に三キロ五キロのライトが並んでいる。）三キロがハレツシテ三村さんが大騒ぎした。

あつい！　という声にふり返ると三村さんのはなの頭から血がむくむくふき出していた、うでも胸もガラスの焼けた破片がくいついて取ろうとしても取れない、セットの中がシーンと静まり次のしゅん間皆が三村さんの側にかけよった。血が止まらない、とにかく櫻井病院に運ぶ自動車が行ってしまうと皆ぽかんとして何も手につかない。

三村さんなしでは仕事にならず中止になった。急いで顔をおとして病院に行ってみると、顔中ほうたいでねていた。

火傷より精神的なショックを受けたのでぼんやりしている、ほんとに気の毒だ。

女優さんが商売道具の顔を害しては一ばん困る、先生にあって容態をきくとはなの所は時間さえたてば全くあとにならないという、安心して三村さんにサヨナラを言って帰った。

×月×日

朝、三村さんにコーヒーとハムと玉子を持ってゆく、三村さんはちらりと私をながめてテレ臭そうにアリガトと云った。

行く方も来られる方もなんだかテレ臭いものだ。召し上がりものの御用きき終って早くひき上げた。

×月×日

幻想のシーン私は黒のモ服。

イナヅマの効果でカーボンをたくし眼があかぬ、おしまいに頭から煙が出て来たので皆ビックリ、助カントク氏私の頭の上にボール紙を持っておおいをしてくれる。

暑いやらおかしいやら。五時セットから開放されて涼しい夕方の道を歩いて帰るとき、夕焼け、すてきに美しい、いい気持ち。

×月×日

久し振りの日曜休み、十時からの「風の中の牝鶏」をみて、「ボストン物語」をみて日劇にゆく、たまの休みには映画をカセグことにしているから忙しい。時計を東京新聞の映画欄と首っぴき。日劇はジャングルの女王、大好きな笠置女史と原田クンが演《やっ》ている。満員だからオーケストラボックスプロンダクターのとなりに小さくなって坐る。

益田キートン氏の顎先や笠置先生の上あごなどなかなかみものです。

近すぎて眼の焦点が合わない、首がいたいが、みるほどにきくほどに只嬉しくニヤニヤとよだれたらさんばかりなり。

フィナーレになるとサザンカキュウ氏や誰やらがエプロンステージにかけ出したと思ったら私は両わきをひっつかまれてあれよあれよという間に舞台にフリ上げられてしまった。私は近眼鏡をかけたままウロウロと笠置さんの手をにぎりに行ったのでお客さんも舞台の皆も大笑い。

笠置さんも私のプレゼントなるでっかいイヤリングを重そうに小さな耳により下げて顔中口だらけにして笑ってる。

×月×日

三村女史、お風呂を御所望、セットが終ってからモクタン車にておむかえ参上。セッ宅にて夕飯差上げた後、おもむろに御入浴、私はかたじけなくも三助の役仰せつかりおそれながら石けんとタオル両手にお供仕候。

女史、コーモリ安の如くほほにバンソウコウ、腕には将軍の如く旭日章形に三つ程バンソウコウはりめぐらし、どこをどうして洗ったら良いのか、しばし溜息ついて思案仕候。

特別よそゆきのしんけい総動員して注意に注意を重ね移動進行。次なる担当は洗濯也、うつむきになればコーモリ安がいたいし、苦心サンタンの上風呂場のスノコの上にタオルしきつめクレオパトラの如きなやましくも且つ美しき素裸の（アタリ前ダ）姿横たえて、ニヤリと会心の笑みを浮かべ給えり。

三助やけくそにはびこりしパーマネントの黒かみを貧弱なる手につかみあぐねてぼさぼさもて余し候うちにもどうやらこうやら無事ごまかしこねまわし候、モウイイカイ？　と申上げれば女史はなはだ御満悦の態でウン！　とうなずきカンシャのまなざしにて三助をながめ給えり、両人湯気当りのふやけた体をタオルにつつみ、どんじりにひかえしバンソウコウの張り変えと相成りければ又もや「イタイ！　キズがモチ上ガル！」「エイガマンシロ」「アツイイタイヨー」「ダマレ！」とケンケンゴウゴウ一大論争を交えぬ、タンゲサゼンかコーモリ安か、てかてかと輝く顔

の真中にえい！　とばかりに真新しいバンソウはりつければ、女史あきらめの極みを呈して後一
語も発せず、三助心をオニにして手さばきもアザヤカに、次々とハサミをあやつり、ついに重大
任務果し終りぬ、三村女史御入浴の御一事依って件の如し。
☆

私はエノケンと笠置シズ子が大好きです。見ていると、文字通り泣けて来る。
胸の中が、あったかい悲しいアブクで一ぱいになり、ある時は口をあんぐりあけたまままあるとき
は顔中馬の如き歯をむき出しにして私の全部がステージに持ってゆかれ、何もかも忘れてしまう。
笑いのサスペンスのエッセンス！
アロハ・シャツの兄ちゃん達と一緒になって思わずピュウ！　と口笛を吹きたくなる。でも、
一歩劇場の外に出れば、否、幕が下りれば、私は目にも止らぬ早業でヨロイカブトに身を固めな
くてはならない、私は一しゅんにしてもう一人の私に化けるのです、どこもかしこもコーキシン
とアラサガシとヤキモチの眼、眼、眼。
わざとらしくひょいと顔をのぞきこんでゆくチンピラ学生にも、私の貧弱なしんけいはピリリ
とふるえるんです。——
露店商人達の下品な弥次、
（あるいはおいこっちむけよ、でこでこおでこ、ちぇッしゃれてやがら）にもきこえんが如きき
つねがお。

他からみたらさぞ不思議なかおにみえる事でしょう、ものにつかれた様な歩き方でしょう。そんな時は美しい夕焼け雲も私にはジンマシンの様にみえるんです、キャベツのおひたし喰べても、風呂に入って手ぬぐいかんでいる様に思えるんです。何でも彼《かん》でも曲ってみえきこえる。いぢけてふてくされて、大えばりでエヘラエヘラごまかして世をわたる、情ないネ。

一人一人ショボついていてウエて消えたい。

にんげん、束になればこわいものなんかナイさ、それが私達？　何ら変るとこ御座ンせん。先日太宰治の人間失格よんで一人でめそめそ泣いたけど、私も人間失格ならぬ少女失格してはならないゾ。だから私はエノケンと笠置シズ子みたさにどんなに悲しくてもとんでゆくんです、あったかい悲しいアブクで顔を洗いにゆくんです。

「デコさんデコさんお起《き》しなさいよ」母さんの声が遠くきこえる。お起しなさいよなんて云われるとずいぶん赤ちゃんみたいだけれども実はおふとんから太い足をニョキッと出して、男の物のパジャマを着てゲウゲウ云っているデコである。八時を指している時計を横目でにらんでエイヤッと起き上がると美味そうなお味噌汁のにおいがぷんとする。

起きるとすぐに喰べものの事が気になるのは十九になってもまだ大人の仲間に入れてもらえないショーコかも知れない。

朝っぱらからパクパクと三ばいも御はんをたべてお箸を置くと同時に「行って参りますッ」と外へとび出す。

今日は九時開始で「婦系図」のセットです。

ウスボンヤリとした格好をして撮影所への青い道をフラフラと夢遊病者の様に歩く、白いステージの屋根がみえる頃になると少し気がはっきりしてくる。

「お早よう」と守衛さんのおじさんに挨拶して撮影所の門をくぐると、もうぼんやりしていられない。あちらからもこちらからも「お早ようッ」と魚やの兄ちゃんの様に威勢のよい声がとんでくる。うっかりおへそのなくなった様なしょっぱい顔をしていようものなら、「デコチャン眠《ね》てんのかい」なんておしりをひっぱたかれてしまう、だからデコはもう「五時間も前に起きてるよッ」てな顔をして俳優部屋に入ってゆく。楽屋着にきかえて、仕度部屋に入る。油のにおいが鼻をついて、お蔦になる山田〔五十鈴〕さんがもうお化粧をすませて清元なんかウナッている。

ペチャペチャと口から出まかせを云いながら、〔だまっていると眠っちまうからなんて云うの誰れ？〕髪をする。頭を半分位結ぶと、製作主任が様子をみにくる。おとなりの床山さんでは長谷川〔一夫〕さんのやわらかい声がきこえる。マキノ〔正博・監督〕さんが「どや？　そろそろゆこか」と窓から首をつっこんで笑っている。

お下げに赤いりぼんを結んでさて今度は衣裳をつけに走る。矢がすりの着物にえび茶のはかま、紫の羽織を着て、白足袋をはくとこれでもうお転婆のでこじゃない、とてもしとやかな様子になる。口をつぼめてたもとをつまんでおすましのデコツッカケをカラコロ鳴らしてセットに入る。ライトが光って「ハイ、テストゆきましょう」とマキノさんの声がひびく。

おひる休みまでさあしっかりお仕事をしましょう。

（『鏡』１９４８年12月）

デコの道場

（24歳）

私はこの二年ばかり馬鹿に苦しかった（全部仕事の面である）。四六時中、「オイお前はもう駄目だぞ！オイ！オイ！」と大きな、なまぬるい厚ぼったい、てのひらで、せなかを少しずつおされている様な気がするのだ。

・

一つには、ヘンに可愛がられていたのでふぬけになり相《そう》で困った。

私はあったためられるとダメになる女だから。そこへもってきて、時たまやって来る得体の知れない不安、危惧、ふてくされ、人生へのギワク（えらそーにいうな）。E・T・C、E・T・C。

そいつがやって来るともういけない。私の小さな、きもっ玉は、けり上げられた何かの様にちじみ上がり（ああ下品、お許し下さい。他にテキ当な形容がない）まひしそうろうと上の空。

頭の中は品の悪いマッチみたいに活気が無くなる。自信なんか耳かきに一ぱいも無くなる。実に、いやになっちゃう。でもただいやんなっちゃってもいられないから、どうにかしなくてはならない。つまり私は何かを求めてウロつきまわる。何かつかまるもの、よっかかるもの、上品にいえば心のより所とかいう奴が欲しいのだ。ないか、ないか、ないか。

第一、自分のツラが気にくわなくなってくる。いつもずるそうにキョロついている二つの眼。

（いつも明るくほほえんでいる眼なんて真赤なウソだ。カタハライテエ！）半分しかない眉毛、前歯のすき間から風が吹きぬける。小さいかた、でっかいお尻、ああたすからない。いや、そんなものはどうでもいい。もっと高いもの、もっと潔いもの、もっとのびのびした和やかな、あったかい人になりたい。そんな芝居がやりたいのだ。

こまおとしみたいな空っぽの演技はいやだ。役にもたたないノーミソの入ってる頭をカンカンとたたいては、ああと溜息をつく。

とにかく、うんと背のびをして深呼吸をしなくては、小足でチョコチョコ歩き、いやなこった。天井の低い小さな日本間で立ったり坐ったり、ひざがガクガク首がちぢまる。

私は水の様になりたいのだ。自然にのびのびと、器には従いながら岩がねも通すは水の力なりけりて奴、あれだあれだあれになりたい。先《ま》ず、良い姿勢で背骨をピンとのばして歩ける家が欲しい。普段の生活が全部仕事に画面に現れる、別にゼイタクにと言う意味でないのだけれど、これは大切な事である。

そんな外見よりもっと内面的な勉強をしろと誰しも思うでしょう。けれど私の様にヘンに忙がしいものには、外からもってゆくやり方の方が手取り早く役に立つ場合が多いのだ。

そこで広い洋間のある家が欲しくなった。

欲しいと思うと夢にまでみる。

「母さん家変ろうよ」探した。私は運がよかった。適当な家が有ったのである。おあつらえ向きのアトリエ付きの。しゃにむに引越した。嬉しくて、毎日アトリエの中を大手を振って歩いている。

アトリエを見まわしてふと思った。「絵を画いてみようかな。」

私は長い撮影所生活で、本当の自分というものを忘れてしまった。いつも、その場その場に応じて茶目になったり生意気になったり、おどけたり、どれが本当の自分なのか判らない。それを見つけようとあくせくやっている。

絵をかいて、何かつかめるかも知れない。そのものずばりとまでゆかなくても、何かを。

生れて始めて、油絵具をベタベタとカンヴァスにぬった。デッサンも何もない自画像を画いた。黄色いセーターをきている。バックは燃ゆるみどり、半分のまゆ毛で実に哀しい顔になった。気に入らないから上からこすっていたら、ますます変てこになった。

それで、もう嫌になり止めてしまった。

私が本格的に絵を習ってるなんて大うそだ。世間の人達はうそばかり書く。この間も何かの雑誌に、「でこちゃんはゼッタイに絵を画いてるんである。現に某画伯が手を取って教えてる」とみて来た様に書いてあったので呆れた。しかし、全くの所私は大ヨクバリだから、いろいろ勉強にもなるし絵を習ってみようかと思っている。

仕事が忙しいからほんののろまな歩みだろうけど。やってる内に何か得られるかも知れない。それだけではアトリエがもったいない。

私は得たものあたえられたものは十二分にコキ使いたい。時々椅子を片づけて体操をやっている。私はおしりは大きいが上半身はあまり細くてみっともないし、ロングショットで歩く日本人の形の悪さにはいつもなげいている。私は運動しんけいは皆無であるから、画面のワリ切れが悪い。ピアノがある。ぜんぜんひけないからキイは固いし新しい。これもときどきたたき出した。リズムは一ばん必要だから、小さい庭をバドミントンコートにして日曜など空気の悪いセットの不健康な生活をとび出してあばれている。

私のやる事なす事皆仕事的ダサンがともなっていていやらしいばかりだが、結局私は仕事をはなれては何も出来ない。

たまの休みには外に出てもワアワア追いかけられて、じろじろみられて情ない思いするばかりで、面倒臭くなって巣へ逃げ帰る。

そして、ぼんやりしている。ぼんやりしているといっても、それは頭だけで、何時《いつ》も何かしていなければ、と言うより何かトクをしていなければ気のすまない性だから、また忙しい。

本を読みながら、ラジオきいて、話してるという風だ。結局、あぶはち取らずで一つも身につかない。小切の箱をひきずり出してテーブルセンターを縫ったり、花やへ行ったり、かみくずかごに画をかいたり、いろいろだ。

「コロンデモソンシナイ」とは、私の別名になり相だ。仕事は仕事、せめて家庭生活は仕事をはなれてというのが、私の従来の希望だったけれども、それもどうやら夢に終りそうだ。それ所か、私の家は私の修業道場だ。それもまたいいじゃないかと、もはやあきらめた。

この道場からさあ何が生れるか。とにかく、一生けんめいやってみようと思っている。

（『鏡』 1949年2月）

武者小路先生の絵

（24歳）


シナリオライター小國英雄氏は、武者小路先生のお弟子だったそうな、それがどう道を間ちがえたのか活動やになってしまって、シナリオ製造器になってしまった大人物。

そのロイド眼鏡の大人物が、自分より大きいかわのかばんをぶら下げて、「オイしばらくだったね」と現れた。

武者小路先生の「新しき村の集い」の三十周年記念の会が、共立講堂であるから出て歌でも歌えと言う。

日頃ソンケイしている武者小路先生が、自らも舞台に立ってお芝居をなさるという上に、志賀先生もおみえになるという。私は本当は大変気が弱いので、皆まで聞かぬ内に、「と、とんでも御座ンせん」と平ぐもの様になってあやまった。私は上がってしまってオンチになるに決まっているし、途中で逃げ出してしまうかもしれない。考えただけでもこう身の内がカアと熱くなる。

「まあ、とにかくさ、殺生はやめとくれ」と小國さんにあやまったけど、大人物ニヤニヤして聞かばこそ、それなら「二十の扉」に出ろと第二次作戦でおいでなすった。

「そんならいいだろ。東宝の連中や黒川のやた〔弥太郎〕さんと一緒に出るのさ。何もいわなく

たって、ただ並んでりゃいいさ。並んで坐る位出来るだろ。役者じゃねえか」てな事いわれて、それもそうかと考えていると、

「お礼に武者先生の色紙、どうだい、え？」と来た。

この一言正に原子バクダンの効を奏し、ついに高峰スケベエはカンラクせり、ああ。


当日、どれでも好きなのをとたくさん並べられた色紙の中から、美しい柿一つに一枚の葉のあるのをいただいた。もう一つのさざん花のも欲しくて欲しくてよだれがたれそうに欲しかったので、勇をこして武者小路先生にじか談判に及んで、とうとう二つせしめた。

私の鼻は常にも増して高くなった。


私の今度引越した家は、山本嘉次郎先生のお宅の前なのでときどき遊びに伺う。

先生がお酒のみなことも、こけし人形がお好きな事も、お料理が御上手な事も、そして、武者小路先生の色紙をすごく欲しがっていられることも知っていた。

私は二つの色紙をならべてみるたび先生がどんなに欲しがるだろうと思った。

ながめている内に、二つとも自分のものにしてしまい込んじゃうのは、何だかもったいない気がし出した。私などよりもっといい眼がこれをみたら、この絵も幸福な様な気がして来て仕方がなかった。

私はエイと気前をみせて、さざん花の方を山本先生にケンジョウした。

先生はとてもとても喜こんでニコニコなさった。私もほんとに嬉しかった。

私は私の好きなさざん花を上げてしまった。けれどそれは、私の矢張り好きな山本先生のお部屋にあるのだと思うと、何だか嬉しい様ななつかしい様な和やかな気がするのだ。

私は毎日柿の色紙をながめては額に入れようか、それとも茶がけにしようかと、そして表ソウの色は何にと思いめぐらしては一人たのしむのが一つの日課になっている。


(『鏡』1949年2月)

鎌倉かけある記

（24歳）

空は降るような星月夜、両側は真黒な杉木立、風態よろしからぬ男四人が、妙齢の女性一名を人力車に押し込んで、エッサ、ホイサと駆け足で走っている。

場所は鎌倉の八幡様を右に見た細い坂道、四辺は人っ子一人通らない淋しい路である。と、ある立派な門構えの家へ、その一団が息せき切ってたどり着くと、静かな雰囲気を破ってどかどかと入って行った。

しばらくその家の人と問答をしていたが、遂にその静かな家の応接間まで入っていった。

近代離れのした重々しい家具、くすんだ立派なカーテン、大きなアームチェアー、明治調の大きなフロアースタンドの光も部屋一ぱいにはとどかず、壁面を飾る大きな油絵も微かな光を反射させているだけ。入り込んだ人達も只、黙々としている。

やがて白い髯をした渋い着物の年の頃何歳と云いたい所だけど、これがさっぱり年など判然《わか》りゃしない、つまり年齢など超越した御老人が女中さんに付添われて現われた。

さて、その一人の女性と四人の男性は一所懸命話をしかけたり、写真を撮ったりしている。別に危害を加えるのでもないけれど、兎に角一方的な行動ばかりしている。御老人の方はさっぱり的確な反応を現わさない内に、その通り魔のような一団は自分達の目的をはたして又、風のように、エッサ、ホイサと帰って行ってしまった。

この一団の中の唯一人の女性こそ、かく云う私で、この一団こそ某雑誌の海外版の編集部に依頼されて、鎌倉在住の文士の方方を順ぐりにインタビューする一行なのである。

訪問記者が私で、編集部員、写真部員、速記者など四名が半日がかりで大スピードの応訪なのです。

そして八幡様の側の家は小杉天外先生宅、耳の大変遠い先生を取り巻いて、勝手な質問をして、これから次なる小島〔政二郎〕先生宅へ。

*

この日は小春日和のような暖かい日でまだ散り残った紅葉が枝に残っているなど、流石《さすが》に鎌倉だナと思わせるノビノビとした日でした。

駅頭に久米〔正雄〕先生のお出迎えを受け、まるでオシャレのお父さんのような先生のお出迎えで、たちまちデコの新米記者は上がってしまい、ろくろく質問も出来ない内に、今日出海先生、里見〔弴〕先生、日本画の鏑木〔清方〕先生、と廻り、海岸通りを材木座まで行った浪の音の聞える久保田〔万太郎〕先生宅にたどりついた。

磯の匂いのする小路には黄色のツワブキの花が咲いている。

八畳の客間にきちんと角帯をしめて、白足袋の久保田先生が太った体をもてあましたように座って迎えて下さった。わざわざ御自身でお菓子屋から買って来られた和菓子を出してお茶を出して下さる。そのお菓子の「調布」なるもの、デコは初めて名前を聞いたのが、見ればよくあるやつで、このホンモノは中味がギュウヒだけれど、近頃のはヨーカンである、などと一席お菓子の講義を拝聴する。

海岸に出て写真を撮らせて頂く、その途中で近作の俳句を聞かせて頂いたが、つい忘れてしまった。

どうも当てにならない訪問記者ではある。

冬に珍らしい小春日和の海岸はノタリノタリとして三崎の方は薄モヤにかすんでいた。

*

それから人力車に乗って先を急いだのだが暮れるに早い秋の日ならぬ冬の日はすっかり落ちて、小杉天外先生のお宅を訪問した時は、最初に書いたような有様になりはてってしまった。

*

通り魔のように車を飛ばして小島政二郎先生宅へ駆け込む。

ここは月明りに見ても本陣のような構えの大邸宅で、夜の為に見事なお庭は拝見出来なかったのが残念。

私の所属している新東宝が大変御世話になっているので、そのお礼をまず申し上げた。

ここのお嬢さんの美籠《ミコ》サンは私が文化学院に一寸《ちよつと》の間居た時の同級生で、如何にも文化学院でなければとれないような生《いき》の良いお嬢さんで私の仲よしである。ヨク来たネ、早くコタツに入ンナ、てな調子である。先生も何処か大番頭のような風格で、気楽にお話の出来る先生である。

大きな部屋に大きな平らな火鉢を置いて、これなら何人のお客があっても心配がない。美籠サンと昔の楽しかった学校時代の話がつきない。よく売店でチョコレートを買って時間中本の蔭で食べた話やら、時間に遅れそうになって駆け込んだ話など、私のほんの短かい女学生々活の、併し涙の出るように楽しかった一面である。いろいろな女学校もあるけれど、一つ位あんな野放図な学校もあって良いと思う。

暖かいコタツにいつまでも尻をあぶっているわけにも行かないので、又のお約束をして、最終点大佛〔次郎〕先生宅にエッサ、ホイサ。

*

しゃれた洋服姿の紳士を想像していたら、ダブダブの支那服を着用におよんで、それでも一番今まで、もの腰の柔かな大佛先生が待っていて下さった。

今までのデコなりの精神の緊張と疲れは、この優しい先生にすっかり甘えさせられてしまった。名物の黒猫があっちにもこっちにも、うろうろしている。

うず高く積まれている沢山の種類の本、壁にたてかけた油画、椅子の上まで本が置いてあって、人の立って歩ける所の少い応接間の薄暗い隅から突然、ヌーと猫が音もなく現われるのには、ヒヤッとさせられる。何か怪しい雰囲気を醸している。

私はふと何かの本でよんだ支那の怪談を思い出した。この応接間で何かと先生にお話をして頂いて、茶の間で皆さんとお食事をする事になった。

奥様が御自身でいろいろ接待して下さるのに、その間をぬうように猫どもがついて廻る。

その十四以上も居るらしい黒猫だが、どれも同じように真黒で初めての私達は今のがどれだかさっぱり判らない。

お話をうかがうと通いの猫も居るとの事で、近所の猫までが一緒になっているらしい。

我々が席につくと申し合わせたように勝手に一匹ずつ膝の上に乗って来る。

これで初めてつくづくと自分の所へ来た猫の人相ならぬ猫相を見ると、やっぱりそれぞれ違う所がある。私の膝の所へ来たのはたちまち丸くなると寝てしまった。そして細い声でクー、クー、と鼾《いびき》をかき始めた。

猫の鼾なんて生れて初めてなので先生にうかがうと、これはゼンソク持ちで、いつでもクー、クー、と云っているので名前も「クー」と云うのだそうだ。此奴だけがねずみを取れないんですよ、クークーのおかげでねずみが皆にげてしまうんですと先生は笑いながら仰言る。猫のゼンソクなど生意気なものだ。

それにも増《ま》して立派なのは全身銀鼠色の目の緑色のシャム猫で、これは毛皮のオーヴァーにしたらさぞいいだろうと思わず唾を飲んだ程の立派さのシロ君と云うのである。

子供の時は白っぽいのでシロ君だそうである。黒猫群の王様のような風格でいばっている。猫好きの先生の前で毛皮にしたらいいと云ったら苦笑して居られた。

半日のなれない仕事ですっかり疲れた神経が、ズルズルと伸びて、暖かい御馳走と柔かな応待と、フアフアした猫を見ていたら、デコの体も神経もモヤモヤとふやけて、何をするのも嫌になってしまった。

ソレソレ、そんな事をしていては、明日の仕事にさしつかえると元気を出して大佛邸を辞した。

横須賀線に乗ったのは、夜の八時過ぎだった。

（『鏡』１９４９年３月）

照れくさい私の男性観

（24歳）

私は早熟だった

私の男性観などと偉そうな事を言って、いの一番に判らなければならない筈の、自分自身の性格を解剖してみて、恐いような不可思議さに突き当ってしまう。それが良く判らない内に、こんな文章を書こうとするのが間違いのもとであるかも知れない。

しかし、大体人間なんてそれ程とび離れて違った点はないように、余り深く考えさえしなければ、いずれも平凡なもので、私も矢張り平凡な女性として、私のもの心ついた時からの男性観を平凡に書いてみたい。

私はいろいろの雑誌や映画新聞などに、適当に脚色され、又は興味本位に書きたてられているように、もの心ついてからずーっと父親と言うものがない。これは現在までも、また将来もそうであろうが、私の男性観を根本的に両親揃って満足に育てられた女の子と異ったものにしている。また、私の職業から来るものが大変に影響して、或る意味では非常な早熟さをもたらしている。あらゆる女性がそうなるように、何かに頼るものを求める神経が、私の場合にはその対象である父親がいない為にとても早く来た。今考えてもよく無事にやって来たものだと思う事だけれど、お母さんは私が蒲田時代から大船時代につづいて、それは一生懸命に、私を一本立ちのものにしようと物心両面から努力してくれた。

しかし、その事実はそうであるけれど、それにあき足らない心の起ってくる事は、私の罪でも、お母さんの努力の足りない罪でもないと思う。

そして漠然として男性を求める心は、頼る心のより処を求めると言った型で、父親に代るものを求めた。

そして、東海林太郎さんに大変可愛がられた時代が来た。

私はいい気になってまだ知らぬ父親の甘い感覚に溺れていた。勿論本能的なもので、これが私の男性観の出発になる対象ではないかも知れないが――。

この時代は私にとってただ一面の幸福があったかも知れないが、お母さんは吾が子をとられたと言う悲しい境遇であった為、長くはつづかなかった。

いろいろ変る男性観

東宝に移った少女時代には、私自身の性格が、やや型が出来始めた時分である。その為に、今までの様に単なる父親の代用品では満足出来なくなる事も当然で、それぞれの対象となる男性の異った性格を批判し求めるようになった。ここでどうやら初めてその当時の私なりの男性観が芽生えて来たものと見える。

ある時は可愛らしさを対象とし、ある時は特異なものを求め、ある時は心の大きさを求めた。男と言うものはこのような動物であると言う漠とした考え方のついたのも、このような私の心の対象の彷徨時代なのだ。そして自分の好き嫌いと言う感覚を根本にして、単純な周囲の男性を区別してみたりした。

又もし私が男だったらあんな人になっているかな、とか、あの点もう一寸《ちよつと》良くしたら、私の理想の男性になるんだがな、などとこころ秘かに考えて、頰を赤らめたものだった。

しかし、男性はかくあるべきであると言ったように偉そうなものではなく、あくまで自分の好みをもとにしたもので、どんどん変化して行くものだった。それは実は現在でも言える事で、だんだん平凡になって行くような気がする。

この時代を過ぎて私が自分の仕事の上でのあらゆる条件が判りかける頃から、又変動が起って来た。それはよく世に言われているように、男とは外に出て闘争する、女は内を守って万全を期して待つと言うような事が、私の場合は、自分の背に男性のそれがかかって来た。

或る意味では、変態的な条件で私は男性とならなければならなかった。そうなってから見た男性と言うものは、今までのような甘っちょろいものでない事も当然で、ある時は自分で嫌になる程の鋭い見方をしなければならない悲しい思いがあった。

男性の良い面も新たに判ってくると共に、嫌な面に気がつく場合が多いのも仕方のない事で、普通のお嬢さん方が、春風の中にのびのびと育った場合の男性の見方とは、まるでお話にならない程違っている。

しかし、私は勉めて娘らしく快活に振舞うし、同時に私自身の容貌から受け取る感じで、世の人達が単に可愛らしいと言う一言でかたづけるのを見て、私の内にいる一人の私は赤い舌を出して嘲り笑っているのだった。

平凡へ帰着する

鋭くなった私の男性の観方、それは好き嫌いが実にはっきりしてきた。そしてずけずけと口に出して言うようになった。

しかし、一方職業的な意識もやや発達して、そのずけずけをカヴァーする場合もあるがそんな時は、心にもない自分の態度に愛想がつきると同時にますますその人が嫌いになる。要するに人間がずるくなった証拠であるが、これも世の中の荒浪にもまれれば当然の行き所であろうと観念している。

いまでもはっきり言える事は、第一にケチな人。これはお金を出し惜しむケチではなくて総ての考え方のケチな人。常にポーズのある人。同じポーズでも何か野放図な無邪気さが伴っている時はやや好感がもてるが。大体男性は、私の知っている範囲の人の内には随分この型の人が多い。反対に実に神経質で、そのかわりに、こっちの考えている事を半分言ったら判ってしまうような人もたまにはいる。これなどは時に便利で好きな型の内でも、度かさなれば煩わしくなって嫌になる。

こんな時は、自分の周囲に居ても決して自分だけの領域から出ないような男性を思い浮べたくなる。

　ある男性に、自分に実によく似た悪い点を持っているのを発見した場合、そのよく判ってる欠点に対する同情によせる好感と言うものも生じて来る。まざまざともう一人の自分を目の前に見せつけられている様で自己嫌悪の情に陥ち入りながら、どうにもならない同情と好感である。

　私のお父さんの代用品から出発した男性観もここまで来るとやや複雑となり、同時に自分自身の懐疑にまで発展しそうで恐ろしくなる。

　このような経過を辿って現在に至った私の男性観は、だんだんと平凡にかえって行くらしい。それは頼れるものをこのましいと思う見方である。結局女性の本能としての平凡へかえる事である。しかし、ここに私には一生離れる事の出来ない慾がある。どんな事でも良いから、知らない事を教えて貰って、一歩でも進んで行きたいと言う慾である。その為に私の持っている総てのものは、男性観によらず、総てのものの見方もどんどん変って行くと思う。

　そして何ものかを教えてくれる男性の内にまた、いろいろの種類のものを新たに発見する事だろう。例えば自分のものを楽しむ心豊かな人で、私に対しても大きな目で見ていてくれる人。非常に積極的に自分のものをしゃにむに注ぎ込もうとする人。良い意味で自分の型にはめ込もうとする人、等々。

　私はその人達をゆっくり観察しながら、その梯子にのってまた、新しい世界に進んで行きたいと思っている。

　そして益々私の男性観は平凡に帰着する事と思う。


（『映画ファン』１９４９年３月）

『細雪』関西ロケ日記

＊1950年代
（25歳）

○月○日

「銀座カンカン娘」を終ってからもう約四カ月思えば随分休んだもの、いろいろと世間を騒がせたお詫びに、これからモリモリ仕事をしようと覚悟を決めたら、トタンに台本が来るワ来るワでマゴマゴしていたらとうとう阿部〔豊〕組の「細雪《ささめゆき》」第一回関西ロケの出発の日になってしまった。ずっと以前から話があって、やってみたいと思っていたものだけれど、あの大阪弁というより、もう大阪の人達にも忘れられかけている船場《せんば》の言葉を如何にしてこなせるかと、これが最初から頭の痛い思いだった。原作を読んでも、台本を貰っても、目に映るのは字の余ったような会話の科白《せりふ》である。「馬」の時の東北弁と違って日本中の観客の半分以上が大阪弁を知っていると聞いてこんないい本で自分の是非やりたいと張り切っている決心を、何か恐いと思わせるのも大阪弁の会話である。

いろいろと考えてみても、まず充分にこなせる自信は出て来そうもない。最後の逃げ手は四人の姉妹《きょうだい》の一番末である私の役が、本当の船場言葉から年代順にだんだんくずれて、芦屋《あしや》附近の大阪弁（若い人達の使用する）になってくると大分楽になる、まずこの辺でカンベンして貰うより仕方がない、とまず心の内で逃げ路《みち》を作ってかかることにした。

ロケ出発の今日、戦後始めて特急平和号に乗る、とっても早いと云われて来たけれども、どうも一寸《ちっと》も早く走ってくれない。

同車する人はスタッフ以外に徳川夢声さんと岸井明さんと大泉の林社長、お三人とも皆京都までの由、まず最初に林さんから大阪弁のむずかしさで、又々心配させられる。車中に響くような大きな声で、〝何しろ君、日本映画の全観客数の六〇%は関西の人だからネー〟とやられるたんびにデコの胸はこれからの茨《いばら》の路《みち》が思いやられてドキドキしてしまう。

徳川さんと岸井さんは新橋を過ぎる頃からかけ合いのトンチ教室のナヤマシ会で、お互いにナヤマしっこをやっている。側《そば》で聞いていても横浜を過ぎたらくたびれてしまった。

大阪着が午後六時、まずまず早い内だろう。

〇月〇日

大阪についてからのお天気が毎日悪い。然《しか》し大阪が曇っていても奈良や神戸は良いかも知れないので、大型バスで方々に行ってみるが、全員疲《つか》れるばかりで一向成績が上がらない。今日も二回目の奈良行、朝七時に車に乗って約二時間途中に始めてみる龍田川《たつたがわ》の紅葉《もみじ》がある。実に美事に紅葉《こうよう》して底の小石まで見える清流にチラチラと散り始めている今絶好の季節らしい川の片側が小路《こうじ》になっていて赤モウセンをしいた縁台が出ている。柿を売っている。川カニをゆでて売っている。紅葉《もみじ》も柿もカニも縁台のモウセンも全部目に映る色は赤、此処ばかりは曇り日に明りの射したような明るい風景である。なるほど昔から有名な龍田川《たつたがわ》の紅葉とはこれかいナと感心している内に奈良に着いた。断雲の多い天気だけれどどうやら少しは撮れるらしいので早速準備を開始する。私の方はお化粧と着物だけで済むけれど、スタッフは大変だ。まず鹿を集める、これは古風な兵隊ラッパを持った小父さんが間の抜けた然し淋しい思いをさせる変な音を連続させて吹くと、可愛いい鹿どもが何処ともなく集ってくる。細い足をピョンピョンさせながら、イヤリングの一場面のようなのもおれば、角の落ちたばかりの恐ろしそうな雄鹿もいる。どれを見てもうらやましいような細い足をしている。そっと自分の足を見てタメ息をしたのは誰も知らないだろう。

田中実〔田崎潤〕さんの板倉が私の妙子をつれて写真を撮りながら、その鹿のむれの中を歩く実に簡単な撮影なのだが、丁度テストをして良くなれば太陽がかくれる、カメラも太陽も良いと鹿どもが見物の騒ぎに驚いて走り出す。何んとも神経が疲れる。三カットが済んだのは午後二時頃だった。この鹿を一カ所に集めて置くためにサツマ芋が五貫目、鹿のオセンベ（一枚一円です）が二千円也、鹿どもは大満足でお腹《なか》が太くなってゴロゴロ寝てしまった。人間どもの気持も知らないで、帰り際にどうやら又オイデといった目付をしていたらしいが、しかと判らない。

○月○日

神戸へ移動して二日目、どうもお天気が思わしくない。朝早くから六甲山《ろっこうさん》に登ってゴルフ場で、先日のとおりの田中さんの板倉と私の妙子とが写真を撮りながら歩くシーン、薄氷《うすごおり》が張って寒い寒い風がビュービュー吹く。薄い真夏の衣裳で風をさえぎる何もないゴルフでは、ただ体がガタガタして顔がこわばるだけで、芝居どころか歩くだけがせい一ぱい。これが俳優のつらい所かと我慢するより仕方がない。阿部さんは好きなゴルフ場での仕事なのでやたらと張り切っておられる。

今日で今年中の「細雪《ささめゆき》」の仕事は終って東京に帰れば「処女宝《しょじょほう》」が待っている筈、夏に休んだバチで年末から来年は次々と仕事が待っている。さあこれから張り切ろう。

（『映画スタア』１９５０年２月）

ゾッとした話――カルメンと牛

（27歳）

大体にゾッとしない性質。むしろ人をゾッとさせる方かも知れない。仕事となれば、どんなことでも平気でやるから、あとからヒヤリとすることもある。それが「ゾッとした」ということになるんですかね。

「カルメン故郷に帰る」は日本で初めての天然色で、わたしも大いに張り切りました。ほとんど二カ月も浅間山とにらめッこして暮したのですが、わたしの役のカルメンが東京のストリップガールで、田舎の風景を珍らしがるように、わたし自身も大いに浅間山をタンノウしました、そうして、そこにいる牛と仲よくなりました。

そこで、カルメンが牛に乗って、花をかざして遊ぶというところを撮ることになった時、わたしはむしろ楽しい気がしました。演出の木下〔惠介〕先生が「こわければどっちでもいい」といって下さったのですが、わたしは牛に乗る方が映画がおもしろくなると思ったので、やって見ようと決心しました。

ところがカメラの準備も出来、いよいよテストに入って牛に乗ろうとしかけたとたん――撮影を見物に来ていた村人が血相をかえて、飛び込んで来て、わたしを止めるのです。何事かと思ってキョトンとしてるわたしに、牛は人を絶対に乗せない。乗ればツノで突き殺されるとおどかされました。撮影の見物がいなかったら……とあとでゾッとした次第。

（『週刊朝日』１９５１年６月10日）

むかしからの恋の道

（27歳）

映画界のデマなんて、いちいち気にしていたらしかたがないが人の噂さには実に悩まされる。友愛結婚を望んでいるのではないが、私には男のお友だちが多い。みないい意味のお友だちなのに、へんな噂さをたてられてはせっかくの交際にも遠慮ができて、おたがいにいやな思いをしなくちゃならない。

ああ、桃いろゴシップよ消えてなくなれ。盲腸になると、子供ができたんだろうなんて、とんでもないこと。

でも、そんなデマをとばされるのも結局は私の性格からかもしれない。デコは男みたいだってよく言われる。ものをズケズケ言うからかしら。言いたいこと、思ったことをそのまま言うけど傲慢な気もちはぜんぜんないつもり。

明るく愉快な気もち、こだわらない気持を持ちつづけたい。だから煮えきらない人は、男でも女でも大嫌い。恋愛の相手もしぜんそういうことになるのではないかしら。性格のはっきりした人、明朗でものにこだわらない人。——とは言っていても、好きになればそんなことはうんと割引してしまうのが、むかしから恋愛の本質として言われているようだ。

私の場合どうなるか。いまのところ未知数――。

（『新夫婦』１９５１年７月）

私と歌

歌あればこの世は楽し、なんて少々大げさな気がしますが、でも歌があって良かったですね。何となく、いいもんです歌は。

私は歌を聞くのは好きです。自分で唄うのも好きです。お風呂の中でお湯にひたりながら、ジコトースイにひたりながらでたらめ歌を歌う。

片づけものをしながら一寸《ちょつと》口ずさむハミングもいいし、月夜の砂浜であたりに人なきやと見さだめてから、のどもさけよと（大げさだな）唄う、はるかなるサンタルチアや、オーソレミオ、歌うのはほんとに良い気持ちです。でもね、江の島の崖っぷちに立っている立札ではないけど「一寸待て」です。

私の歌はあくまで自分の楽しみだけなので人様にお聞かせする程、いい気になってはおりません。

何故なら、上手くないからです。私は昔、上野出の女の先生にしばらく発声を習いました。発声、ピアノをたたいてドーレーミーファーというあれです、歌を唄うためではなく、私の声はセリフを言うとコモるので、何だかモガモガ歯切れが悪い、それで声を少しでも前に出すためのクンレンをしたわけです。ついでに歌も少しやってみました。音チではない事が判った程度で一寸も上手くなりませんでした。

私の声は案外太くて、私の顔には似合わないので、したがって歌をえらぶのもむつかしい。つまり歌をおけいこするのは面倒くさくなってしまったのです（つまり怠け者だ）。昔はこれでも、ちょいちょいステージに立って、唄ってもみたのですが、我れながら自分の下手さかげんに愛想《あいそ》がつきて、それをまた仕方なく聞いて下さるお客様にお気の毒で、ステージからかけ下りて一人一人のお客様の前へ行って、ごめんなさいごめんなさいとあやまりたいショウドウにかられて、何が何やら誠に辛《つろ》う御ざいました。

いくら映画俳優の余技（ああ残念なるこの言葉）だからって、それに甘えていてはイカンのだと思いました。そしてヤメタのです。でも、私は映画俳優ですから映画の中で歌わざるを得ない場合は、歌ってその役の効果が上がる場合には、私は歌います。そして映画の場合には私はセリフのつもりで、演技のつもりで唄います。

「カンカン娘」という判《わ》けの判らない娘の歌も唄いました。

「カルメン〜」のいかれストリッパーの歌も歌いました。

映画の場合はプレーバックといって先にダビングルームで音楽に合せて唄って音だけをフィルムに取るのです。そして撮影の時には、そばでスピーカーでその音を出して、その音に口をパクパク合せて今度は画だけのフィルムをとるのです。

不思議な事にはそのプレーバックの音取りの時には、恥かしいとか何とかは一寸《ちつと》も感じません。

私は映画の中の何の何子になって歌っているからなのです。私は高峰秀子という名の女優ではなく、リリー・カルメンのおきんちゃんだからなのです。

けれど一たび映画をはなれて、ラジオなんかで、ハイ次ぎは高峰秀子さんが○○をお唄いになります、高峰さんどーぞ、なんて言われたが最後、私はゾーッとしてカーッとして然《しか》も絶え絶えな情ない鐘一ツ振りを発揮してしまうのです。

私は映画という二字からはなれたら何一つ出来ない哀れな奴、という事になるのです。とんだところでボロを出しちゃった。

（出典不明　１９５０年代）

私のフランス生活

（27歳）


フランスに行って、何を見ていらっしゃいました？　何を感じていらっしゃいました？　あちらに行った目的は？　帰国の御感想は？　等々、うるさく質問されると、私は、

「こんな質問から逃れたくて、一人っきりになりたくて、フランスに行って、ただ、寝て、食べて、肥って帰ってきました」

と答えます。正直なところ、本当に何もしなかったのです。

私があちらで過した七ヶ月間に、見た映画と云えば、ホンの数本、あとは一人で散歩に行ったり、買物に行っては、欲しいものがあってもフトコロと相談であきらめて買わずに帰ってきたり、そんなノンビリした生活でした。

初めのうちは、珍らしがって押しかけてきた新聞記者も、やがて、つまらなくなったとみえて、パッタリ来なくなると、いよいよ、待望の一人っきりの生活が始まりました。日本に居る時は、まるで鞍馬天狗のように顔をかくして、何か悪いことでもした人のように、コソコソ人眼をしのんで街を歩かなければならなかった哀れな私も、ここでは大きな口をあけてアイスクリームをなめなめ、街を歩いても、誰一人としてふり返る人も居ない気安さに、初めて人間らしい自由な気

分を味うことが出来たのです。

生来、怠け者なので、何もしないでポカンとしているのが大好きなので、下宿の近くの教会の鐘の音をききに行ったり、公園のベンチに座って、何時間もただ、陽に当っていたり、そんなことばかりしていたので、少々、フランスぼけになったようです。

日本に帰ってきたら、すぐ仕事が待ちかまえていて、フランスぼけを直すのだけでも大変。でも私は、一生懸命働こうと思っています。そしてお金をためて、またフランスに行って、一人っきりのボヤッとした時間を楽しみたいと思います。


(『それいゆ』1952年3月)

服装あれこれ

（31歳）


秋それも私の一年じゅうで最も好きな十月がもうすぐにやってくる。私はこの季節だけは仕事も何も放り出して怠けほうだいに怠けたい。

澄んだ空をぽかんとながめて暮したり、ぶらぶら当てもない散歩をしてみたり。暑気が去って空気も落ち着いて、人はようやく本腰で仕事に取り組もうという月なのに、私はまるでその反対に、十月だけは私の休日としたいのはよほどの怠け者と認めざるを得ない。

秋といえば私の頭にはすぐさま半袖のジャージーの軽いワンピースが浮かんでくる。私のもっとも好きな服装の一つである。

私は体を締めつける服が大嫌いなのでつい冬はスェーター春と秋にはジャージーの服で過ごしてしまう。商売柄、必要に迫られて柔らかい感じのものも写真うつりのよいものも作るには作るが、仕事以外にそれを着ることはめったにない。年がら年じゅう同じような布地で同じようなスタイルのものを変りばえもせずに着ていて、今更ながら自分の頑固さに呆れてしまうくらいである。何を作ってみても結局は、自分が安心して着ていられるという、自信には敵うものがないということである。

したがって、気に入る布地が見つからなければ何か月も服を作らないが、これと思ったものがあれば同じ布地を二着分も三着分も買いこんでしまうくせがある。スェーターなど気に入ったら最後、うすくなってすいてみえるくらいになるまで着てしまう。

四年前にアメリカのデパートで買ってきたつるしんぼのキャメルのオーバーコートを七分コートに直し、半コートに直し、また短かいジャケットに直して、未だに大事に愛用しているような工合である。

そんな風だから作っても一度も手を通さない服ができてくる。それならそんな服がうんとこさタンスにぶら下がっているだろうというとそうではない。私は着もしないものを無駄にしまい込んでおくことができない性分だし、それほどお金もあるわけでもないのでこれを片っぱしから処分する。さいわい私のかかりつけの洋服やさんはとても親切で、頑固な私の性分をよくのみこんでいて、私が仕事で忙しい時などもこういう始末を全部引き受けてくれる。

なおしものは心よくしてくれるし、自分の意見をおしつけず、古い（といっても水をくぐったこともない代物だが）ものを何枚か売っては新しい布地をさがしてきてくれるまめまめしさである。

服装に限らず、靴でもハンドバッグでも、私は自分の色、チャコールグレー、黒、それに若干の柿色、ダークグリンのほかは、ウインドウでいくら心をひかれても、ダンコ買わないことにしている。

だから人がみたら、商売に似合わずものを持っていないなと、思われるかもしれない。けれど私はそれで満足である。

うんと上等なものを、ごく少量に持つ、それが私の理想なのだが。

とにかく私は俳優の仕事でも止めて奥さん商売専門にでもなったら、ますます洋服ダンスの中味は少なくなって、そうすれば、したがって、チョキンの方も少しは溜ってくれるのではないかなど、いささかの希望をもっている次第である。


（『装苑』１９５５年10月）

信じる

（35歳）

たった八カ月間日本を留守にしただけなのに、帰って来て驚いた。船が神戸―横浜と日本へ近づくにつれ、映画とテレビの決戦だの、週刊誌は名前も覚えられぬほど増加し、そこへもって来て皇太子ご成婚の、それこそ国をあげての大さわぎで目まぐるしいばかり。あれよ、あれよと思う間に、私たち夫婦もマスコミとやらの大たつまきにまきこまれ、キリキリ舞いをさせられた。新聞、雑誌、テレビ、ラジオ、明けても暮れても同じような質問をされ、同じことをアホのように答え、これを読み聞く一般の人たちは私たち以上にウンザリするだろうと思うと、ただ冷汗が出るばかりだ。

近いうちに映画の仕事もしなければならないが、それにしても年間六百本なんてフラフープでも作るような勢いでガサガサ大量生産をしてしのぎを削っている今のバカバカしい映画界には、本当のところ私は未練はない。私が仕事から離れられないのは、そういう映画界の現場の人たちの中に、数は少なくとも本当に良心的で映画を愛する人たちが働いているからである。

私はその人たちを信じて、その人たちと一緒に仕事のできる自分をしあわせと感じるがために仕事をしているだけである。信じるものの少ないこの世で、もしその人たちさえも信用できなくなったら私はあっさりと映画をやめることだろう。信じるということはいろいろの意味で人間を束縛するものだけれど、こんな束縛ならいつまでも、と結構に思っている。

（『朝日新聞』１９５９年５月２日夕刊）

ニクイ奴

＊1960年代
（36歳）

目がさめる、ベッドから下りて窓を押し開く、太陽が柔かく差し込んで、パリの影である。つい昨日パリに着いたばかりというのに、五年も十年も、もっと以前から此処にこうして住みついていたかのように思える。エッフェル塔もサクレクールも、そしてノートルダムも、旅人に媚びるでもなくつッ放すでもなくただあるがままにつっ立っている。のれんに腕押し、それがパリだ。街へ出る。釣鐘マントのオマワリさん、自転車のうしろに長いパンをくくりつけて走る少年、カフェでコーヒーをなめなめ新聞を広げているお爺さん、デブッチョのおかみさん、そしてベレー帽のタクシーの運転手。みんな適当な冷めたさと親しさを目に浮かべて。お前はお前俺は俺、つかずはなれず自由な生活がそこには在る。

パリを最後の日。飛行場へ急ぐ車の窓外を、セーヌが、屋並みが、石だたみが、後へ後へと流れてゆく。サヨナラとも言わず、また来いヨとも言わない知らん顔のパリの奴等。一言で言えば、パリは小にくらしい。「チクショウ！」と思わせる、それがパリだ。

（井上宗和編『ヨーロッパの街角で』あゆみ書房、1960年10月）

わたしのトイレット民主主義

（36歳）

不潔を憎む心は、ここから始まる

バタバタッと近づく足音。

ドアがバタン……と大きな音を立てて閉まり、ガチャリとカギをかける間ももどかしげなうちに、消防でも来たかのような、一気に水のほとばしる音。グルグルッとペーパーをたぐりよせてシャッと引きちぎる。

はて、水栓のコックを押す音は？

と心待ちにする間にまたもやバン！　とドアが鳴って、ありゃ手も洗わないで出て行っちゃった。

皆さん、殊に女の方は、どこかのズラリと並んだ個室にいる時にこんな物音をきいたご経験がお有りではありませんか！

あらいやだ、と眉をしかめるその前に、私の言うことを、ちょっとお聞きになって下さい。

人柄が出るトイレ

まずこの物音、下手なラジオドラマより、もう一つリアルで、今様に言えばショッキングだと思います。私はその音響効果の的確さに聞きほれて、小さな小箱のなかで唖然と立ちすくんだことも間々ありました。

根がいやしい根性なのか、こういう物音を製造する女性の顔に興味（？）を持ちはじめ、それからは、先きさんのお出ましを見計らってタイミングを合わせ、同時にドアを開いてとび出すことにしたのです。と言っても別に一日じゅうそればかりを楽しみにあのせまくるしい箱のなかで待ち暮らしているわけではないのですが、会社のトイレ、デパートのトイレ、そのほか、仕事の関係上いろいろな場所へ出入りをし、したがっていろいろなお便所に入る機会があるので、こういうところにはどんな女性がいるのかということを、一方的に識る（？）いいチャンスでもあることなのです。

私がとび出したとき、もう風のような素早さで出て行く後姿の時もあるし、また鏡の前で、おもむろにハンドバッグを開き、腰を落ちつけてお化粧なおしにとりかかる人も、それはさまざまですが、幸か不幸か、かの物音が女性の形になってそのままそこに立っているような、味気ない人を見ること間違いなしです。

口紅のどぎつい首ぬき人形のような人、細いパンツにつっかけ姿、パーマもくしゃくしゃで帯のタレが上がりっきりのおばさん。

実に不思議なもので、ドラマの声と主人公の容姿は想像とまったく異なったことがありません。ということは、トイレというところはそれだけ人の姿が赤裸々に現われるということでしょうか。それはトイレに入る時くらい、自分本来で誰にエンリョもなく、というのが人情ではあるけれど、となり近所に人のいる場合、公衆のなかでは、やはりちょっぴりの心づかいも必要なのではないか、と私は思います。

意地悪なことばかりを書きましたが、反対に、そよ風に吹かれるような物音に終始する人もなかにはないわけではありません。私はそんな人の顔も姿も何だか見なくても判るような気がして、とび出して見るより心のなかにふッとその物音をしまいこんでおきたいくらいに楽しい気持になるのです。そういう人がほんとうのお洒落さんだとも思います。そういう人のお家のトイレはきっとお掃除もゆきとどき、下着はいつも清潔で、まちがっても口紅が唇からはみ出したりはしていないでしょう。

人を見るにはオトイレで、これが私のトイレ哲学というところかもしれません。

もっとも暮しに結びついた密室

トイレはたしかに一人きりの密室です。家のなかが、殊に日本家屋の場合は、個室と言ってもフスマ、障子で開放的で、子供さんでも廊下をバタバタしていれば、お父さんは新聞片手に小さな城に籠城もしたくなるでしょう。もの想う中学生は目の前の壁に落書きの一つもしたくなるでしょうし、お姉さんは英語の暗記にもってこいの場所だと喜んでいるかもしれません。トイレの落書きは世界共通のものらしく、どこの国へ行っても、上品なのや下品なのや、散文詩的なのや、といろいろありました。近江絹糸の争議の時、トイレにメモを下げて女工さんのウップンをきいたという話もありました。これなどは声なき声をきくうまい方法だと感心します。

郷愁さえもある

軍隊に入っていた方は口を揃えて、「便所に入る時だけが唯一のたのしみだった」と言い、なかでおまんじゅうを食べる美味しさ（?）の何とも言えない醍醐味をなつかしそうに語ります。子供の頃お母さんに叱られて便所のなかでシクシク泣いた思い出は、誰もが持つ郷愁だと思います。誰もが生れてから死ぬまでご厄介になるトイレは、昔から今に至るまでにいったいどんな歴史を持っているのでしょうか。ここに李家正文（朝日新聞社出版局長付）さんという方がいます。私がトイレの話が好きだというので本誌の記者さんが会わせて下さったのですが、初めは李家なんていう苗字はどこかの宮様のなれの果てかしらと思っていたら、この先生は生粋（?）の厠博士で昭和七年に『厠《かわや》考』という厚い本を出版なさったこともあり、日本唯一のウンコ学者なのだそうです。私は大いに楽しくなって、そのウンチクを傾聴しようとイソイソと出かけてゆきました。お話は案の定じつに面白く、お人柄もしゃっきりと好印象で、お食事をしながらウンコの話を聞いていてもちっとも不快な感じもしない上に、だんだん話をお聞きしているうちに、私には李家先生のお顔までが、出来のよいウンコに見えてきたくらいでした。

ブームを生かす道

このごろやたらと何々ブームとやらが巻き起り、そのうちに『トイレット部長』なる本がヒットをしたのをきっかけに、トイレ話の人気はだんだんと広まってきましたが、ブームというものは、大分ジャーナリズムがでっち上げるものではあるけれど、たしかに人の心にアピールする何ものかがあるからこそ、ブームになるのだと思います。人の心がその事について熟さないうちに、まわりの人が押しつけても、決して開花（?）するものではありません。李家さんの『厠考』も当時も珍重された様子ですが、今その本が出ていたら、もっと大勢の人が読んだことでしょう。藤島（茂）さんがトイレット部長なら、李家さんはトイレット社長かトイレット重役というところでしょうか。

李家さんがこういう学問をするキッカケは、昭和三年の春はじめて東京へ出て大学に入った時、大学の便所に落書きがたくさんあるのでビックリし、なぜ便所のなかに落書きをするのかということに興味を持ち出し、いったい便所とは何だろうということから研究をはじめ、エンエン三十二年がすぎたんだそうで、私は便所で人を見るという方法を発見しただけれど、李家さんの三十二年には心からたまげて、上には上があるものだと改めてカンタンしました。さて、李家さんが厠博士といわれる、その「厠」の語原からまず伺ってみましょう。（以下李家さんのお話）

水洗式がわたしたちの祖先の方法

「……たとえば人間の死体の処理方法ですね。だいたい人間の死体は汚ないでしょう。そこで、これを整理するのにいろいろの方法がある。それには風、火、土、水といって、火葬、土葬、水葬、そして風葬があります。このあいだあたりから人気を博している鳥葬というのは風葬のなかに入るのですね。

ところでそのなかで水で処理する方法、水葬ですね。これはウォーター・クロゼット(W・C)なので、それは世界じゅうでどこにあるかというと、太平洋をめぐる環太平洋の水が豊かで暖かい地方にあるわけです。それからインド洋、地中海、こちらから発達した様式なのです。それから、片っ方のドライ・クロゼットは、風葬と土葬と火葬、これはみな乾式処理なんです。これらはアジアの内陸とかそういうところにある。だから人間の死体の処理も大小便の汚物の処理も同じことで、汚ないものを処理する方法においては、原始的であればあるほど同じなわけなのですね。ウォーターというのは、水辺の、水上の、水のほとりの、という意味でしょう。クロゼットというのは、押入、密室、小さな部屋、箱というような意味がある。

だからウォーター・クロゼットという西洋で生まれた言葉と、日本の国語の厠と似ているわけです。軍隊でも厠と言ったけれども、その厠という言葉は、川のほとりの、川の上の、川のそばの、という意味。屋というのは屋根の屋、だから川のそばにある、川のほとりの家という意味で、それが古来の厠の姿なのです。言うなればもともと水洗便所だったということだけれど、明治時代になって逆輸入になってくるわけです。

しかし水洗便所万能でいいかということになってくると、ちょっと異議があるんです。水洗便所は近代的なビルなんかで使っても、非常にきれいで衛生的でいいんだが、たとえば肥溜がそれじゃ悪いかというと、千何百年も使ってきた肥溜でしょう？　日本の民族の自然の還元の法則にかなって、肥料になって、それで作った作物を食べてきたわけだ。戦争中に、もしあの水洗便所で全部流してしまっていたら、これはもう自縄自縛で、食べるものがなくなって死んでいますよ。あの肥料のおかげで生きてこられたわけですね。軍隊とか若い者のオシッコのなかからは、ホルモンとかビタミンもとれるということです。これは最近そういうことがわかって、捨てられる資源のなかにたいへんな貴重なものが入っているわけですよ。それを東京湾、大阪湾を糞の海にして捨てないで、そのなかから硫安をどのくらいとっていくとか、そういうことも考える必要があるでしょう。硫安の肥料だけでなく、香水もとれるし、ビタミンもとれるし、ホルモンもとれるし、あらゆるものをそのなかからとっていくことができる。

東京湾に潜水夫を入れたらきっと糞の山ですよ。人間の数もふえるし、資源がだんだんなくなってくるわけだから、いままで捨てていた資源を、人類文化の向上に役立てれば、ずいぶんちがうのじゃないか、こういうことをぼくはまえから言っているわけです。

だから国家で汚水処理場をつくって、完全に処理して役に立てるものは全部とっていったらいい。着物にしろ、香水にしろ、ホルモンとかいろいろなものがとれるわけでしょう。これをまえから言っていたわけですよ。マルクスの『資本論』に、東洋では糞尿は農業肥料に使われるが、ここテームズではなんの顧慮もなく、もったいなく捨てられている。こういうことが出ていますね。そのとおりになってくるわけだな。……」

床の間ばかり立派でも……

さて、たしかに李家さんのおっしゃるように、せっかく美味しく食べたものを、いくらカスだとはいえ、捨ててしまうのは神の恵み（？）にそむくことになるかも知れません。ウンコについてゾクゾク新発見をしているとのことですが、水洗便所の逆輸入に感心しているひまに、そういういいところはさっさと頂戴することを考えてもよいのではないかと思います。日本国はどうもどこかが片手落で、トイレなどというほんのささいなものでもなかなか一朝一夕に改めることができません。偉いと言われる人のお宅の床の間だけはりっぱでもトイレはひどく見すぼらしかったり、銀座裏の洒落た食べもの屋やバアにトイレがなかったりします。やはり外でトイレを借りるのは恥しいこと、トイレはかくすところという日本古来の考えかたが、どうも邪魔をしているように思えます。ご不浄という言葉も雪隠という言葉も仏教から来ているのでしょうが、不浄と不潔は大いに違います。水洗だから清潔だというわけにもゆきませんし、日本式のお便所に花とお香のある清潔さは実によいものだと思います。家のなかのトイレのほか、外で突然かけこみたくなった時、日本では喫茶店へでもとびこむより仕方がありませんが、外国では至るところにあるガソリン・スタンドがその用を足してくれます。

清潔なお化粧室についた清潔なトイレは誰に気兼ねなく使用することができますし、デパートも買物は別としてトイレに入るために出入りする人も少なくありません。有料の方には女の必要品までそろっていて、お金をはらいたくなければ無料の方へ入ればよいのだし、お便所番のおばあさんはチップをもらって、これも大いに助かるというわけです。

汚職にも通ずる「臭いものにフタ」

出るものは仕方がない、とふてくされることはないけれど、ことさらかくすというものではないでしょう。かくすという言葉ほど汚ならしいものはない。つつましさを通り越したかくすは不潔に通じ、大げさに言えばはた迷惑、もっと大きく言えば汚職にまで発展すると思うのですが、どうでしょうか。

私たちは不潔をもっと憎む必要があるのではないのでしょうか。トイレの水を流さない、流すことを知らないのではないけれど、ちょっと面倒臭い。あとの人がやるだろう。あとに入った人はどうせ汚ないんだからこの上にやっちまえ、そのあとに入った人はクサイものにはフタということになるので、とどのつまりは黄金の山をきずく結果になって掃除夫をなやませるばかりです。声をからし頭を下げて票を得て、当選したら公約でハナをかむ政治家にこんな人がいないともかぎりません。

そんなことでは、用足しのあと前足で砂をかけておく猫にさえ顔むけができないわけです。日曜日の銀座は、郊外から大勢の人が出て来ます。デパートの屋上は紙くずだらけ、トイレも目もあてられぬありさまになるのはどういうわけでしょう。気取りがない、などとすましてはいられません。中国には紙くずもないし、はなをかんだ紙はポケットに、一匹の蠅も生存しない、見たことはありませんが話にきくとまったくそのとおりなのだそうで、そこへゆくと我が国は「小便無用」「ごみ捨てるな」のはり紙があることは、それがなされていることの証拠のようで情ない話だと思います。

個人個人はともかくとして、これが集団となると面目躍如とする傾向があり、メーデーのあとの紙くずの山、団体旅行客の汽車のなか、労働組合の集会のあとの惨状はスゴイの一言につきます。ニュースなどで見ると、偉い代議士さんもなかなかちらかすのが得意のようですし、別に民主主義とゴミの関係をしつこく追及するわけではないけれど、どうもどこかでこの二つはつながっているような気がしてならないのですが、どうでしょう。私は、トイレの戸を開けっ放しにし、ハナをかんだ紙をポイと投げすてる人に、私たちの政治をまかせる気にはなりません。トイレを汚して平気な人は、他人の迷惑を気にかけぬガリガリだと思えるのです。

一番きれいな小学生

古い話ですが、『二十四の瞳』のロケーションで、小豆島のある宿に三ヵ月ばかり滞在していたことがありました。なにしろ長いあいだのことで、それも四月五月という旅行シーズンなので、ロケ隊以外のお客さんが入れかわり立ちかわり出入りします。商店の慰安旅行、会社の団体旅行、中学生、小学生。私は仕事のない日はヒマなので、この諸各位のお行儀をつぶさに拝見または拝聴しましたが、大人の、それも男性の団体ほどお行儀が悪いのです。お風呂の戸はあけはなし、パンツ一つで廊下を歩く、宴会のドラ声、酔っぱらいが女中さんを追いかける。そしてトイレの外にまでスリッパが散乱し、中はゲロだらけ。

大人の集団の宴会がある時はまったくいやになりました。そうこうするうちに、ある日、いい子の小学生たちが先生に引率されてやって来ました。彼らにとっての先生はまったくの「ケンイ」であり、「静かに歩きなさい」「ハーイ」「もう御はんですヨ」「ハーイ」。そしてお便所の始末も一流なのでした。お便所を汚さないこと、つまり日本の民主主義は、このいい子たちが大きくなるまでおあずけということになるのでしょうか。いえ、それともこの子たちも大人になれば、やはり汚職をするのでしょうか。私には判りません。ただそうなって欲しくないと願うばかりです。

我が国はたしかに汚ないです。そう簡単に何もかもきれいに清潔にと願うことは無理かもしれないけれど、まず身近にある、そして毎日何度かお世話になるトイレの始末から、日本の美化運動をはじめるのもいいのではないでしょうか。身近から身ぎれいにすることによって案外早く社会が明るくなってゆくかもしれません。

（『週刊公論』１９６１年１月９／16日）

病人食

（37歳）

日本ほど食べものの種類の豊富な国はない。銀座をひとまわりすると、世界中の食べもの屋が軒をつらねているのは周知である。けれど、あるところにはあっても、ないところにはまったくない。

私達がパリから小旅行を楽しみにボンを訪れた時だった。ドイツかぜのすごいのにかかった松山が中耳炎になった。大学病院へ行ったら、うむをいわせず入院させられ、私はホテルから毎日病院へ通い、一日中松山のマクラもとにつきそうことになった。病人が熱で食欲のないのを幸いに、病人用の食事はほとんど私が食べてしまった。お得意のハンバーグやソーセージなどに、豊富なサラダやケーキにミルク、よその安レストランよりずっとおいしいのにびっくりしながら、食事時間が楽しみであった。そして、日本の病人食の味けなさをはるかに思い出してさびしくなった。

やはり松山が東京のある大学病院に一カ月ほど入院したとき、ちょうど夏だったので網戸のない窓からカやハエがはいってくる。それにも増して悩まされたのは支給の病人食だ。いくらジン臓に塩気は禁物とはいえ、おしょうゆなしのハンペンやカマボコでどんぶり一杯のご飯が食べられるはずがない。ジン臓といっても松山のは結核性なので栄養をとらなければならない。しかし出てくるものはガンとしてハンペンやカマボコである。そこで私が弁当箱と魔法ビンを持ってあっちのトンカツ、こっちのスープと買い出しにかけまわっては病院へ運んだ。余りのひどさに、回診の若いお医者さんに「あなたは一体何を食べているんです」と聞いたら「ここのはヒドくまずいので、よそからとって食べてます」という返事だった。せんだってアメリカの小児マヒの病院へ行ったときも食堂でランチを食べたが、セルフ・サービスとはいえ肉も鳥もあり野菜もあり、なかなかおいしかった。どこでどうなっているのか知らないが、一言でいえば日本は貧しい。それが病院だけになお貧しさを感じる。病室にコンロを持ち込んで料理をする風景などは外国では皆無である。

（『朝日新聞』1961年9月12日）

おべんとうの記憶

（37歳）

日本人は、働くために食べ、フランス人は、食べるために働くという。

つまり、日本人は、単に栄養をとるため、必要にせまられておなかにモノをつめる。食い道楽のフランス人は、たっぷり二時間もかけて、食事そのものを楽しむ。そして、そのためにせいいっぱい働こう、というわけである。

同じようなことだけど、よく考えてみればたいへんにちがう。

私にしても、三十何年間の女優生活中、仕事の合い間におにぎりをつめこんだり、カレーライスの立ち食いをしたことは、数限りなくある。いずれも、「働くために食べる」口である。

食事を楽しむことを覚えたのは、やはり結婚してからのようだ。松山が、私を上まわる食いしん坊なのは幸いなことで、時間さえあれば私たちはあちこち食べ歩いて楽しんでいる。〝仕事が終わったら何を食べにいこうか？〟これが私たちの合い言葉である。

「山河あり」の信楽《しがらき》ロケは、ひどい寒さでお弁当をもつ手もかじかんで、あまり結構とは言えなかった。

農家の人が、好意でいれてくれたお茶だけがこの上ないごちそう。信楽焼きのお茶わんで飲むあついお番茶は、ひとの好意が、そのままおなかにしみ通るようにおいしかった。

（『女性自身』１９６２年3月19日）

新米衣装監督の冷汗物語　（38歳）

外国映画に、衣装監督がつくのは珍しくありませんが、日本映画では明治物とか特別の時代劇に限って時代考証の衣装監督がつくだけで、ふつうは撮影にはいる前に「衣装調べ」という日があって、監督とカメラマン立合いのうえで、シーンを追って衣装が決められてゆきます。現代劇でも、主役の女優さんの衣装のデザインはだれだれの作品、ということはあっても、一本の映画に出演する全俳優の衣装に責任を持つ「衣装監督」というパートはありません。

「女が階段を上る時」の撮影に入る前、東宝の藤本〔真澄〕重役と成瀬巳喜男先生に「今度は衣装監督をやってみない？」と言われて、はじめは自信もなく冗談のつもりで聞いていたのですが、生まれつきオッチョコチョイでおせっかいの私ですし、それに俳優としてより「裏方」として働けることの魅力に引かれて、とうとうその大役を引き受けることになりました。さて、そう決まってからはなにもかもはじめてだらけでたいへんなさわぎでした。キャストは仲代達矢さん、森雅之さん、淡路恵子さんをはじめ、五十何人という大勢です。ふつう、映画一本に費される衣装費は、ひっくるめて六十万円の予算なので、まずその金額を頭の中へ据えながら、新調するもの、有り物で間に合わせるもの、と区別してゆきます。俳優さん個々の番数と、からみ合いの場合を考慮に入れての布地、デザインの選定。（たとえば、二人の芝居のときに、二人ともシマの着物ではおかしいなど。）私の役はバーのマダムなので、出るごとに衣装を着がえなくてはならず、女給さんになる人たちもある程度は似合うものを着せたいし、だいたい弱い頭は、いたずらにこんがらかるばかりです。そういうあいだにも、衣装やさんと、成瀬先生が特別につけてくだすった衣装係りの助監督さんと三人で、東京じゅうの呉服屋さん、問屋、デパートを、目がまわり、足が棒になるまで衣装をたずねて歩きまわります。なににしても番数が多いので、おしまいには俳優さんのブロマイドとメモを片手に、この人にはこの着物、この人にはこの帯で、という風にして一番ずつ決めてゆきました。それからあとは洋服の仮縫の立合いから、ネクタイ、マフラー、アクセサリーの相談、着物が決まればショール、そして手袋まで、一人にかかる手間ひまはたいへんなものです。

セットのデザインが引かれたと聞けば、スタッフ・ルームに駆けこんで、美術部さんに壁の色、カーテンの模様などを聞いて、シーンごとに台本に書き入れます。そうしないと、シマの壁紙のセットにシマの着物では困りますし、暗い調子のセットに黒の衣装では効果がありません。DAYシーンかNIGHTかも関係してきます。とにかくウロキョロしている間に撮影がはじまりました。かけもちで忙しい俳優さんたちは、衣装合せといっても全員が集まることは不可能なので、どうしても撮影の合間にまで衣装合せが及びます。私がセットでラブ・シーンをしたり、泣いたりわめいたりの大芝居をしているときに「多々良純さんが見えました、闇ウィスキー屋ですけどなにを着ますかァ？」などと衣装やさんがやってきて、そのうしろで多々良純さんが「エへへ」と笑って立っていたりするので、おちおち芝居もしていられません。スタッフも出鼻をくじかれた感じで思わず笑い出したりします。私がてんてこまいをしているので、ジャーナリストがおもしろがって押しかけてきて、またもや衣装監督についての質問をします。私はしどろもどろで新米衣装監督の弁をのべるわけですが、じつのところはなにもわかっちゃいないので、いまさらながらえらいことを引き受けちゃったと心の隅で閉口しながらも、なんとかその場を切りぬけることだけでせいいっぱいという有様です。

その「えらい仕事」を引き受けて、私はいったいなにをしたかったのでしょう。一本の映画には一つのトーンというものがあり、俳優の演技もその調子から飛び出してはならない、というのが、まず私の持論です。俳優は常にその調子を忘れず、あの四角い画面の中にキチンと納まっていなければなりません。一人だけめだつ演技をしてみたり、人の芝居を食ったりするのは非常識でもあり、第一、映画全体の品をなくしてしまいます。ですから、よく「熱演」とか「体当り」とか批評に書かれているのは、けっしてほめ言葉ではなく、つまり、その人の目には、その演技がはみ出して見えた、ということなので、俳優として成功したとは言えないのではないか、と私は思います。ですから、衣装一着でも、よくよく役をのみこんで選ばないと、とんでもないことになるわけです。まず、その役柄の年齢はもちろん、その人の環境、収入、性格などを充分納得し、そのうえで衣装を選ぶことです。サラリー一万円くらいのB・Gが、何万円もするスーツを着たりするのは不自然ですし、ハイヒールにパラシュートのようなスカートをフワフワさせて電車で通勤できるわけがありません。よく若い女優さんが、画面で美しくありたいというために、とりかえひきかえ衣装をかえて出たりしますが、役柄と合っていなければ、ただのファッション・ショーになってしまいますし、お客さまは映画と関係なく、いたずらに衣装に目をうばわれてしまいます。統一をとるためにも、やっぱり衣装監督の存在はあってしかるべきだと思います。それに映画衣装の影響は意外と大きいので、そういう意味での責任も重大だと思うのです。

私は特殊な役の衣装以外はだいたい、だれにまねされてもおかしくない、ごく常識的なものを着るように心がけています。でもこれは私自身がどちらかといえばじみなもの、めだたないものが好きなので、ついそういう風になるのかもしれません。いたって個性的でないので、一本の映画の衣装監督をつとめる場合にも、いったいにじみな調子になりすぎるキライもありますし、「女が階段を上る時」の場合も多分に常識的になりすぎて、おもしろさに欠けたのではないかと反省しました。幸いにカラーではなく白黒だったのでボロはあまり出さずにすみましたが、これがカラーだったら、といまでも冷汗が出る思いです。ほかの俳優さん方はみなさん「はい、はい」と、私のわがままをきいてくださって、だれひとり勝手な好みを出さずに私の選んだものを着てくださいました。その点、ほんとうにありがたく、そして申しわけなくも思ったしだいです。

一作めの衣装監督は、そうしてドサクサまぎれのうちに終わりましたが、こんど、私の主人の松山善三監督の「山河あり」でも、またまた衣装監督を仰せつかることになり、ふたたび大さわぎがはじまりました。この映画は、大正七年から戦後までの、ハワイと日本を舞台に、二十何年間かにわたる年代ものです。日本はともかく、ハワイへたびたび行った経験のある人間といえば、手近かなところで、松山監督のオクサンの私、ということで、あれよあれよというまに、また衣装やさんが洋服のサンプルと台本片手に「こんちは」とやって来てしまいました。「ハワイでは年じゅう白靴ですか?」から「四季はあるんですか?」「大正七年には、どんなもの着てたんですか?」まで聞かれて、ふたたび冷汗の連続です。準備にはいったのが去年の冬なので、夏物はもうどこにもなく、私は「えい、めんどうだ」とばかりに、洋服屋さんの倉庫にはいりこんで行ってアロハやワンピースになる布地をひっぱり出し、山ほどもしょってきます。小林桂樹さんにはサラサ風のアロハ、ミッキー・カーチス君にはハデなアロハを、石浜〔朗〕さんにはシマ柄を、そして、たった一人の娘役の桑野みゆき嬢にはせいぜいかわいい服をデザインしなければなりません。大正七年の衣類が現在ハワイにあるはずはなし、モンペからシャツ、もも引きにいたるまでハワイへ持って行ったわけですが、やっと山ほどの衣装を送り出してしまってからが、またたいへんでした。映画のスタッフは、俳優を除いて、ふつう六十人から編成されています。それが、外貨その他の事情で、ハワイへ行けたのはなんと十三人。もちろん衣装係もスチールマンも小道具係もいやしません。みんな、いやが応でも自分の持ち仕事以外に、三つも四つもの仕事をしなければならないはめになりました。床山さん(メーキャップ)が移動車を押したり、俳優さんが人よけやスチールを撮ったり、助監督さんがエキストラになったりします。私も「わたしゃ衣装監督でござい」と納まっているわけにはいかなくなりました。そこで、前半の労働場面の衣装の汚し(新品を古いボロにみせかける加工)から、荷作りでクチャクチャになった衣装のアイロンかけで、あっちこっちやけどの火ぶくれを作りながら、今度は冷汗でなく、文字どおりの玉の汗だらけとなって、ほんとうの「衣装やさん」になりきってしまいました。

ハワイでは、現地のエキストラの人たちが何千人も出演しましたが、この人たち全部の衣装を持参することはとても不可能なので、日本側の俳優さんたちだけ当時の服装にしてみても、かえって浮いてしまうので、ほとんどいまのスタイルに統一してしまう結果になり、残念ながら時代の移り変わりは衣装では出せませんでした。桑野さん、久我〔美子〕さん、私など女性の服も形も帽子も、そんなわけで時代にこだわらず、形のよいものを選びました。男性の背広のえりも、今様に細く仕立てました。

私の役は一世で、二十余年もハワイで生活をし、日本へ帰ったとたんに戦争にまきこまれ、戦後、またハワイへ帰るという役なので、戦争中、モンペははいても、どこかに外国生活のにおいが感じられるように気を使いました。小林桂樹氏には、生まれてはじめてだという蝶ネクタイを結んでもらいましたし、桑野さんには、ハワイの貝や木の実のネックレスをつけてもらいました。「山河あり」も、なにしろ、俳優の合い間に衣装監督をするのですから、どうにも忙しくて、やっぱり、いくぶんかはごまかしや、間に合せになってしまいました。けれど、細心の注意と計算とセンスを必要とする衣装監督は、今後の女性の職業の一つとして、悪い仕事ではないと思います。ハワイではハンガーにかけられた衣装を肩にひっかついで、俳優さんの部屋にとどけたり、手指に赤チンをぬったりして、すっかり衣装やになりきった私は、しまいには自分がこの映画に出演していることさえ、じゃまくさくなってきて、一人で苦笑したことも、いまはいい思い出の一つになりました。

（『ミセス』1962年5月）

香港の衣食住

（38歳）

シナリオ・ハンティングで、一週間、香港へ行く主人のお供で、私も思いがけず香港旅行ができることになり、旅行カバン一つの身軽さで飛行機にとび乗った。

東洋の真珠といわれる香港は、羽田からジェットで三時間半、旅費は往復で十万円。観光旅行ブームもそろそろ海外進出に及ぶきょうこのごろには、なにかと格好なところである。日本も、やっとミスター、アンド、ミセス、の単位で呼ばれるようになったいま、奥さんの海外旅行も夢ではない。もしさいわいにして外国旅行の機会を持つことができたら、それを単なる海外旅行の興味だけに終わらせず、日本の短所は反省し、長所は守り育ててゆき、そして外国の長所はどどし吸収してゆくことがたいせつだと思う。

さて、三時間半はまたたく間にすぎて、飛行機は急激に降下しはじめた。

私たち日本人と同じ目の色、髪の色を持つ中国人の多い香港は、九龍《クーロン》の飛行場に下り立っても特別に外国へ来た、という感じがない。私たちは少ない時間を惜しんで白タクをやとったが、その運転手さんが「馬《マー》さん」という名前なので、馬が自動車を運転するような気がして妙な気分になった。馬さんは背が低く、やせっぽちで栄養の足りなさそうな中国人である。片言の英語ができるが、いっしょに食事をするときも、静かで遠慮がちで恥ずかしがりで、すこしかなしそうな表情で、目をパシパシやりながら、ポツポツと私たちの問いに答える。車を運転しているとき以外は、いつもモジモジと身の置き場がないといった風情の彼を、私たちはだんだん好きになっていった。そして、馬さんの車に乗って、一日、二日と香港を見るにつれて、香港の魅力にもだんだんと引きこまれていった。

香港は英国領なので、街は整然として美しく、緑の木立ちの間に英国風の建物が品よく白く光っている。メーンストリートに軒を連ねるおびただしい宝石屋と布地屋。チェッコのガラス、フランスの香水、刺繍製品、各国の高級品がきそって観光客の足をひきとめて放さない。しかし、人間というものはアマノジャクで、あまりに豊富な品物を目にすると、かえって購買意欲が減退するのか、なにも買いたくなくなるものである。買物に飽腹した観光客は、ヴィクトリア・ピークや、フローティグ・レストランにひかれて香港島へ渡る。九龍サイドから香港サイドへは、白く塗ったフェリーボートが約二十円で五分間ほどの船旅を楽しませてくれる。キャメラをぶら下げた外人客を乗せて赤い洋車《ヤンチョ》が街を走る。見上げるホテルも観光客でふくれ上がってはち切れそうである。しかし、このけんらんな街から、一歩横丁へ踏みこんだとたんに、周囲の様相はガラリと一変して、もう一つの香港の姿がそこにある。せまい土地に多勢の人間がひしめき合っているのは日本同様で、どんな細い路すじも人のゆきかいははげしく、中国料理の油の匂いと、怒号のような中国語が混り合って、なにやらすさまじく騒然とした風景である。港に群れるサンパンという蜑民《たんみん》の船。そこで寝起きし、生活する人々のよごれた皮膚の色。食べもの屋台がさかんな煙をあげ、はだしの子どもが旅行者に金をねだって走る。ところきらわず吐き散らす痰、その道端に腰を下ろして、茶わんと箸をかかえゆう然と食べている人たち。天びん棒を肩にした年よりの、野鳥に似た売り声。そして、貧民アパートの窓には洗たくものの旗の波がはためいて、家族の多さと貧しさを物語っている。貧富の差のあまりのはげしさに、私たちは一種の残酷さを感じてぼう然とまわりを見まわし、追われるように歩きつづけた。

香港の人口三百万のうち、百万は中共からの難民であるそうな。難民は日々あとを絶たず、用意された難民アパートは六畳一間が一か月約千円足らずで彼らに提供されるという。その千円も出せぬ人たちは、ゆるやかな山の中腹にブリキの掘建て小屋を作って、水も電気もない生活をしている。けれど、どんなに貧しくても、香港には意外と殺人や強盗が少ない。罪を犯せば彼らは英国警察から「中共へ行くか、台湾へ行くか」と問われ、国外追放という答えが待っているからである。やり場のない貧しさの中で、彼らはなにを考え、何をして暮らしているのだろう。みはるかす山の腹にびっしりと押し並ぶその小屋の一つ一つが、何かを訴え、何かを求めて、もだえているようで、私はとても正視ができなかった。

香港の街の、そここに、「飲茶《ヤムチャ》」という大衆食堂がある。夜はナイトクラブになるという大広間に、何十何百というテーブルと椅子があり、食事時にはこれが超満員になって一時に食事をするさまはちょっと壮観である。売子は若い娘さんばかり、肩から駅弁売子のようにひもをかけた箱をささえ、テーブルの間を縫って、小皿に盛った焼売や点心を売り歩く。客は好みの皿を好きなだけ取り、これを食べてはジャスミン茶をすする。勘定は皿の数をかぞえて払う。飲茶は手がるで値段も安く、ギョウザ、鳥のむし焼き、焼売、焼飯など、二人で食べて千円足らずである。B・Gや、会社員、家族連れなどに人気があるらしい。

中国料理の伝統はいまさらいうまでもないが、香港にも、広東、北京、四川、上海と、各種の中国料理店が並んでいる。店はどれも似たりよったりで特別に美しくはないが、料理はさすがにおいしい。「教化鶏」という、泥で鶏一羽を包んでむし焼きにした料理がある。教化とは「教育」「感化」すべき人間、つまり賤民のことで、むかし、賤民は鶏を盗み、泥で包んでむし焼きにしてひそかに食べた。それを、あるとき皇帝が見つけて食べ、あまりのおいしさに大臣を呼んで名称をきいたがだれも知らない。そこではじめて「教化鶏」という名称になり、だんだんとぜいたくな料理となった、という。なまこを六時間煮たという「大鳥参」もおいしかった。何百何千とある中国料理の味の複雑さは特別なもので、あるクラブ組織の「料理を楽しむ会」では、まず、新会員に一皿の料理を食べさせて材料を当てさせ、それに落第すると会員になれぬという。中国人はいまでも、公然とではないが、犬や猫を食べるそうで、犬は若いほどおいしく、猫は老いたほどおいしいという。「三六」という看板は、三、六、合わせて、つまり狗の意で犬である。「龍、虎、鳳」という看板は「蛇、猫、鳥あります」ということで、これは、ちょっと食べてみる勇気はないが、案外おいしい料理なのかもしれない。世界中に偉を誇る中国料理の味は、香港が一番、日本が二番と、中国の食通が折紙をつけているから、日本の中国料理はりっぱなものである。私は、食いしんぼうの主人のお供で、香港滞在一週間、十四回も中国料理を続けて食べたので、とうとう胃ケイレンを起こしてのびてしまった。

どこの国にも、その国の料理があり、その国の服装がある。香港は中国服を着た人々であふれている。セーター にスカート、スーツの女性もいるが、だいたい若いB・Gや学生さんのようだった。中国服八、ウエスタンスタイル二、というところだろうか。いまは、洋服地を中国スタイルにして、共の上着を作るのがいちばんぜいたくな流行らしく、裕福な婦人は例外なくこのスタイルであった。むかしの優雅な高い衿と長い裾は見られず、ほとんどが半袖でワンピースの長さになっている。しかし貧しい人たちは、むかしながらの長い髪をうしろに束ね、洗いざらしの黒ズボンと黒い上着に身を包んでいる。たまに色がわりの上着をつけていても、もめんの縞か花模様のプリントであった。靴下はもちろんもめん、素足につっかけをはいていた。四季の気候にそれほど変化のない香港は、夏服の中国服と綿入れの上着くらいで、一年じゅうを暮らせるらしい。香港ドルの百ドルは日本金の七千円くらいであるが、若い売子やエレベーターガールは約七千円の月給なので、ナイロンの靴下もなかなかはけないらしく、飲茶の売子もみな素足であった。サラリーマンは、朝九時から夜九時までの勤務で昼と夜食がついて、月二万七千円程の手当て、一日交代になっている。都心のアパートは、小さなリビングと二つのベッドルーム、台所、風呂で三万五千円という高値、一間のアパートでも八千円程なので、サラリーマンには到底住めず、郊外となると部屋代も半分で済むので、いまは郊外から通う人が多いとのことであった。

白タクの馬さんのおかげで、私たちは香港の陽の当たる場所と影の場所を、ざっと知ることができました。しかし、一週間の短時間では、この深い洞窟のような香港の全貌をさぐることは不可能である。「また、いつか来よう、そのときには、あれも見たい、これも知りたい」底知れぬ香港に心を残して、私たちは羽田ゆきの飛行機に乗った。青くきらめく海の中に、ポツンと浮かんだ美しい香港島も、あでやかに化粧をしたその顔とはうらはらな、その性格の複雑さ、なぞめいた魅力。この香港を、何重もの層に包まれ、はぐくまれ、プリズムのように妖しい光を放つ「東洋の真珠」にたとえたその意味が、実感として胸に来た香港旅行であった。

(『ミセス』1962年7月)

常識を破るたのしさ

（38歳）

すべて、習慣というものは根強いもので、人間はよくまあ同じことをあきもせずにくり返してゆくものだと思います。人間のあるかぎり、習慣という父と観念という母とは切っても切れないご縁があるようです。

習慣とは、読んで字のとおり、慣れ習うこと、しきたり、きまり。観念には、かくご、あきらめ、の意があります。私は、あまのじゃくなのか、習い慣れてあきらめてしまうだけではどうもおもしろくありません。かといってそれほど大げさなことをたくらんでいるわけではないのですが、もっか、自分のお城の中だけでささやかな楽しみを発明して一人悦にいっていることがあります。

それは「ものの応用」です。たとえば土びんを見ても「これはお茶を入れるもの」という観念を一度捨ててしまって「別な使い道はないか」を考えてみる楽しみです。「お砂糖壺にするには飛び出た口がじゃまっけだし、口に草花をつっこんでも……見場が悪いし、えーと、なにかおもしろい使い道はないかしら」と、土びんとにらめっこをするわけです。いろいろためしてみて、だめなものもありましたし、意外に効果があって「君はへんな奴だね、おもしろいことを考えるね」と主人におほめをいただいて鼻をヒクヒクやったこともあります。

お友だちにいただいた西洋骨董のスープ鉢がありました。蓋もスプーンも陶器でできていて、形が大時代なのでどうしても他の食器と合いません。とうとうスープを入れるのはあきらめて、いまは花器に転向してもらいました。蓋を半分閉めて花を差したり、枝葉の枯れた花の首だけを盛ってスプーンを側に転がしておいたりして、けっこうたのしんでいます。

私の家では、お客さまにおしぼりを出すことが多いのですが、一本ずつ竹やプラスチックのおしぼり容器に乗せるのはお料理やのようでおもしろさがないし、第一、食卓の上が煩雑で困ります。なにか適当なおしぼり入れはないかないかで半年さがしたすえ、ある日本家具屋の店先で黒塗りの小桶を見つけたときは、うれしくて飛び上がりそうになりました。それは盃を洗うための「盃洗」でしたが、いまはその小桶の中に五色のタオルをのりまきのように並べて食卓に出すことにしています。

また、食卓の上には、おしょうゆびん、塩、こしょう、辛子、などのいくつかのこまごましたものが並ぶものです。それらの小さないれ物は食事中あちこちと動きまわるので、気分が落ちつきませんし、手をのばした拍子におしょうゆびんをひっくり返したりしてロクなことがありません。

このチビたちを一束にしたら、さぞいい気持ちだろうと格好な調味料盆がほしくなりました。

調味料盆は売ってはいますが、大きすぎたり、小さすぎたり、変てこな手がついていたり、で、どうもピンときません。最近やっと見つけた私の調味料盆は、中が赤く、外が黒の、塗りの名刺受けです。大小二枚で三百円也。鍋もののときには薬味も多いので大きいほうを、常には小さいほうのを。チビたちはお盆の上に仲よく並んで、食卓の真ん中に納まっています。

来客の多い家では、とりかえ、ひきかえ、灰皿がいります。灰皿は「灰を落とすためのもの」なので形に限度があります。私はきまりきった灰皿はわざと使わず、灰を落とすついでに見て楽しめる変化のあるものを、灰皿用に使っています。灰皿が取りかえられるたびに、小さなフライパンが出てきたり、古い湯ざまし器が出てきたり、赤絵のお皿が出てきたりします。お客さまにはそんなことがちょっとした気分転換にもなって、自然話もはずむ、ということです。

その他、まき絵のお菓子皿を鏡台の前に置いて小物入れにしたり、紙屑籠の内側にブリキをはって傘立てに使ったり、古いおそば屋の箸立てをペン立てにして書斎に置いたり、といろいろあります。戸ダナの隅でほこりをかぶってしょんぼりしている品物でも、ちょっと考えてやれば他の用途で生き返ることもあります。ミセスのセンスを生かす腕の見せどころは、案外こんなところにあるのかもしれません。そういう私も、そろそろ種がつきました。なにかいいアイディアがありましたら、ナイショで教えてくださいな。

（『ミセス』1962年8月）

宝石

（38歳）

古いお話ですが、戦後アメリカ製の金メッキのアクセサリーが巷に氾濫して、日本女性の衣服を飾ったことがありました。貧しいモンペの上のブラウスの胸や、ひもじさに細った首すじに輝く金色が、いかにもちぐはぐでものさびしく、美しいものにあこがれる本性そのものを感じさせて、いっそう哀れに見えたものでした。

あれから十数年、女性のおしゃれもようやく本格的になってきて、イタリア・モードやパリ・モードが街を闊歩するようになり、アクセサリーへの関心も急激に高まってきたようです。現在、ネックレスや指輪の一つも持っていない女性はほとんどいないのではないでしょうか。

海外での映画祭やレセプションで、私たち日本の女優がハンコで押したように日本服を着るのは、キモノ姿が喜ばれるほかにもう一つの理由があります。それは、洋服を着ても、アクセサリーの宝石を持っていないということです。夜会用のドレスにはダイヤやエメラルドの豪華なネックレスやブレスレットがつきものです。宝石なしの夜の服はみすぼらしいだけで全くお話になりません。そこで、それならいっそ日本服で通しちまえということになるのです。宝石と毛皮は、まだまだ日本人には縁の遠いもののようです。

はでなイミテーションのアクセサリーも、たまには気分が変わっていいものですが、ミセスともなればやはりたとえ一個でも底光りのする本物をつけるほうがお人柄に見えるようです。そうかといって、高価な宝石をやたらつけるのも逆に品なく見えますし、またそうそう気がるに買えるものではありません。たとえば、ダイヤをねらったら、まず買える範囲の品を買い、徐々におこづかいのたまるのを待って大きな石に買いかえてゆく。真珠のネックレスにしても、二個か三個ずつ本当に美しいよい玉を集めていって、何年がかりで一本のネックレスにしてゆけば、楽しみもまた何倍かになるというのも一つの案です。私のネックレスもそうして作りました。お金があるからといって、ポンとむぞうさに買うのは宝石のじょうずな買い方とはいえません。やはり時間と手間をかけてこそ、よい品が安く買えるということでしょう。

フランスでも、女の子が生まれると、そのお母さんはお誕生日が来るごとに真珠の玉をすこしずつ買い集め、その女の子が年ごろになってお嫁入りをするときにはじめて、一本のりっぱなネックレスに仕立てて、ママからの贈物にするということを聞きました。いかにも、女の子の母親らしい夢にあふれた話で、そしていかにもフランス人らしいエスプリを感じて、私は感動したものでした。

一口に宝石といっても、高いものばかりではありません。トルコ石とかトパーズとか、安い石でも形のおもしろいものを選んで、自分でデザインをして仕立ててみるとかえって個性のあるアクセサリーができて、なかなかたのしいものです。指輪のセット代は金で五千円前後、プラチナで九千円くらいですが、銀で作れば二千円前後でできますし、かえっておもしろい味もでます。ゾロゾロと並んだ、とても手の届きそうもない高価な宝石は、自分でつけることを考えずにウインドー・ショッピングをするだけでも、浮世はなれた楽しみになり、ミセスの夢のひとときになることでしょう。

真珠王の御木本翁が「俺は世界中の女の首を真珠のネックレスで締めるのだ」といった言葉は有名ですが、ミセスに人気のある宝石は、やはり真珠を筆頭にヒスイ、ダイヤ、というところでしょうか。宝石は、みればみるほど、自分のものにすればするほど、その魅力にひかれて深みにはまり込むそうですが、ミセスたるものはせいぜい趣味ぐらいにとどめておいて、宝石の魔力に振りまわされぬよう、モーパッサンの「頸飾」の主人公にならぬよう、要心したほうがよさそうです。

(『ミセス』1962年9月)

ウサギとカメ——ヨーロッパのテレビを見て（39歳）

約三カ月の間に、フランス、ドイツ、オーストリア、ハンガリー、スウェーデン、デンマーク、オランダ、イギリス、イタリアと十カ国ほどをかけ足旅行でまわってきた。それぞれの国にせいぜい三、四日の滞在だったので、たしかなことはいえないが、行く先々のホテルでテレビをひねったり、ラジオを聞いていると、ヨーロッパの人々はラジオ、テレビに「世紀的」な期待をもっているが、日本のように、きょうあすを争う仕事はニュースとスポーツ以外はなにもないという印象を受けた。

日本では、一分一秒のちがいもなく、音楽、ドラマ、ニュース解説、時報、その他の番組が、一日二十四時間ビッシリとうめつくしている感じだが、ヨーロッパではちょっとくらいの違いは意にも介していないらしく、ドラマが時間より一、二分くらい早く終っても、つぎの番組がはじまるまでのんきに音楽などを流している。

日本人はきっちりが好きだから、正午の時報、九時の時報、と秒の違いもない。そして自然に、それに合わせて生活のテンポも生れてくるから、のべつ追われているような感じがしてくる。ところが時間の正確なイギリスなどでも、七時二分すぎ、とか、七時三分すぎ、とかいって時報を伝える。時報というものは、正確な時間を視聴者に知らせるのが目的であるから、なにも正七時、正九時でなければいけないことはない、というわけなのだろう。

どっちがいいのか悪いのか、私は知らない。ただ、ものの考え方、感じ方の相違は、そういう意味では日本とちょっとちがうし、そのちょっとの違いが、個人の生活から社会、政治とひろがると、大きな違いになってくる。生活のリズムも、自分のテンポの中で生き、ひとのテンポやリズムに追いつこうとする人はいない。つまり、自分自身の個性や生活を大切にして、外界から守っているように思える。

日本のテレビが一分一秒を争い、その正確さを守るために、たまたま番組の内容を悪くしているのに比べると、ヨーロッパのテレビにはボウ洋としたゆとりがある。私は、ドイツのハンブルクでテレビ・スタジオを見学したとき、身にしみてそれを感じた。四つのスタジオのうち二つだけが仕事をしていたが、一つはホーム・ドラマ風の劇の撮影、一つがミュージカルのリハーサルをしていた。西ドイツのテレビ番組は一日三、四時間の放送時間だそうで、その仕事具合も実にのんびりしている。テレビの普及率が少ないのかと思うと、そうではなくて、「テレビの台数は今年中に一千万台を越すでしょう」という。

私が一番うらやましく思ったことは、一つ一つの番組を受けもっているテレビマンが、大きな自信と世界的な視野を持っていることだった。たとえば、ローマのテレビは、往年の名女優、グレタ・ガルボの古い映画フィルムを、くりかえしくりかえしブラウン管にのせていた。きくところによると、これはただのリバイバル映画の再上映とはちがって、最近の「安チョクな」「殺し屋ドラマ」「脱げば当る」式のテレビの作り方や、テレビ俳優の稚拙さや、それを黙認する批評家などに対しての啓発運動の企画の一つだそうであった。タイトルは「永遠の女優、グレタ・ガルボ」であった。

また、日本では何千、何百の番組のうち、ほんのいくつか外国へ出品されるものもあるが、西ドイツのテレビ界では、最初から世界の市場を相手に仕事をはじめたという。そして一度制作したフィルムは、五年後にもまた使用できることを前提として、完全に保存されているという。その遠大な計画性には全くおどろいたり感服したりであった。

「稚拙よりは巧遅を尊ぶ」精神の、こうした現実をみると、私はウサギとカメのおとぎ話を思い出す。最近の日本のテレビの発展はいうまでもなくめざましい。けれど、技術の進歩はかならずしも内容の進歩とはいえない。

まして、テレビのテンポが私たちの日常の生活の火に油のいきおいをもって追いかけてくるきょうこのごろ、どうぞ、もう少しゆっくり、もう少しゆっくりやっていただきたい、とお願いしたい。いまや私のテレビへの注文は、タクシーの運転手さんにいう言葉と同じである。「もう少し、ゆっくりやってちょうだい」

（『朝日新聞』1963年4月7日）

二人でお茶を

（39歳）

朝、目覚めたときの一杯のお茶

朝、目覚めたときの一杯のお茶、恋人とさし向かいで飲む一杯のコーヒーの味、老人夫婦が日向ぼっこを楽しみながら味わうお茶のひととき、食後の番茶の香り、そして仕事のあとの一杯のお茶。一杯のお茶はあわただしい人間社会とは、切っても切れない生活のいこいである。

その一見、むだに思えるお茶を飲む時間の中で、人々は無意識のうちに、荒れた神経を休め、そして静かにものを考える。

世界中、どこの国へ行ってもお茶を楽しまない国民はない。日本ではお茶は料金をとらないが、外国ではただのお茶はない。そのかわり一杯のコーヒー、紅茶で何時間もカフェで休むことができる。日本には喫茶店の数が多いというけれど、パリにも大小さまざまの喫茶店が無数にある。よくフランス映画に出てくるが、電話をかけるには手近のカフェへ飛び込めばいいし、女の人がお化粧直しをするのも、手を洗うのも、みんなカフェを利用する。デパートや劇場の手洗いには、おばさんが一人がんばっていて、チップをやらなければ用が足りないけれど、小さなカフェでは、おばさんもいないし、洗面所の台の上に小さいお皿がのっていて、それになにがしかの心づけを置いてくれればいいようになっている。

太陽の足りないパリでは、春から秋まで店先から鋪道半分くらいのところまでテーブルと椅子を並べ、人々は一杯のコーヒー、一杯のコニャックを前にして、日光をあびながら新聞を広げたり、ぼんやりと道ゆく人々をながめたりして、半日くらいは日を送るようである。いずこも同じ住宅難で、しかも暗いアパートの一室にとじこもっているより仕方のない老人たちの姿が目立って多い。人生の半ばを終え、あとは静かに余生を送るこの老人たちは、その静けさと孤独に耐えかねて、外に出て公園へ行くか、カフェへ来て一杯のコーヒーと向かい合って暮らすより仕方がないのだろう。一人ぽっちで椅子にすがり、灰色の目を宙に浮かせて所在なげな老人の隣のテーブルでは、若い恋人たちがからみ合うようにしてキスを交わし、何やらないしょ話をしている風景をよく見かける。街の喫茶店は全く人生の縮図を見るようである。

ところ変わればコーヒーの味も変わる

ところ変わればコーヒーの味も変わるのが当り前かもしれないが、ほうぼうの国をまわってみて比較してみると、フランスのコーヒーの味は決して上等とはいえない。朝は大きなカップにコーヒーを半分、ミルク半分を混ぜ、砂糖を入れた、カフェ・オ・レを飲む。食後は大体カフェ・ノアール、夕食後はカフェ・ノアールとコニャックをいっしょに飲む人が多い。

アメリカはコーヒーがまずい、とよく聞くけれど、アメリカでは、コーヒーは全く日本の番茶と同じことで、何杯でもお代りをしながらガブガブと飲む。レストランでもカップが空になれば給仕が飛んできてつぎ足してゆく。もし日本ふうの濃いコーヒーをこんなふうにして飲んだら、胃を悪くしてすぐにひっくり返ってしまうだろう。アメリカ人は食事のときも砂糖ぬきのコーヒーをお茶代りに飲むし、若い人たちは大きなケーキと二、三杯のコーヒーでランチ代りにもする。コーヒーの味が薄いのなんのとは、やはり他国の人間の言うことで、大きなお世話さま、のようである。

アメリカとは全く反対の、強烈なコーヒーにはイタリアのエスプレッソがある。東京にも最近エスプレッソを飲ませる店があるが、これは圧縮コーヒーとでもいうのか、コーヒー粉は多くても水の分量は大ぶりの盃一杯くらいで、ドロリとするほど濃厚で、苦さも苦し、香りも強く、日本のお濃茶のようで、とても何杯もというわけにはゆかない。油や香料をふんだんに使うイタリア料理のあとにはこれでなくてはならないのだろうが、私には胸にもたれるようであまり好きになれない。前菜にメロンといちじくや生ハムをいっしょに食べ、山のごときスパゲッティかスープを食べ、そのあとに鳥か肉の料理を食べて、チーズを食べ、最後にエスプレッソを飲んでケロリとして歌など口ずさんでいるイタリア人の胃袋はいったいどんなに強じんにできているのだろう。イタリアの美術館に押し並ぶ偉大な彫刻や絵画を見るたびに、圧倒的なイタリアオペラを聞くたびに、私はいつもイタリア人の胃袋を思い出すのだった。

こうして世界各国のコーヒーを

こうして世界各国のコーヒーを飲み歩いてみたが、中ではスウェーデンのストックホルムのコーヒーが私にはいちばん日本のコーヒーの味に近く思われた。この国は禁酒時代があったせいか食事といっしょにミルクを飲む習慣があるらしい。大の男がミルクのはいった大きなグラスを前にして、料理をムシャムシャやっている風景はちょっとあいきょうがある。ハンガリアはコーヒーの豆は嗜好品のうちで最も高価であるそうだが、豆の煎りすぎなのか、いつも焦げ臭くて感心できなかった。

しかし、なんといっても閉口したのは東ベルリンのコーヒーで、これは日本のせんじ薬のような匂いがしてどうにものどを通らず困り果てて半分残してしまった。東ベルリンはちょうど党大会の最中で、至るところに赤旗がはためいていて印象的だったが、それにも増して印象が強かったのは、このコーヒーを飲んだのが、純アメリカ式のカフェテリヤだったことであった。ステンレス製の小箱の中にサンドイッチやホットドッグがはいっていて、お金を入れるとバタンとふたが開く、あれである。労働力も物質も少ない東ベルリンでは、必要上利用価値満点なのだろうが、ロスアンゼルスやニューヨークのカフェテリヤを思い出してちょっと妙な気持がした。人々は厚いオーバーに身を包んで、日本人の私を珍しそうにながめてサンドイッチを食べながら豆のスープをすすっていた。砂糖なしのコーヒーを取ってしまった私が（砂糖付きはちょっと高い）ウロウロしていると、コーヒー係のおばさんがキョロッとあたりを見まわして角砂糖を二個すばやく私のカップにほうり込んでニッコリ笑った。いろいろな意味で印象深い東ベルリンであった。

お茶とお茶の飲み方には、それぞれの国民性が出ていてたいへん興味深かった。アメリカのコーヒーは安直で親しみやすく、アメリカ人そのもののような味がしたし、フランスのコーヒーは慣れるに従ってそのよさがあるのだろう。ドイツ人はコーヒーそのものを深く味わうような飲み方をする。生クリームをぽっかり落としたウインナコーヒーと新聞を渡したら、ウイーン人は三時間は動かない。イタリアのエスプレッソは、あの明るすぎる太陽の下の気つけ薬なのだろう。いずれにしても、お茶を飲んでいる人間の顔には共通した安らかさと落ち着いたふんい気が浮かんでいた。

各国を見渡してみた結果

各国を見渡してみた結果、お茶を飲みながら食事をするのは日本と中国とアメリカだけらしい。中国の飲茶《ヤムチャ》は、軽食またはお三時の代わりに、中国茶のお代りをしながらシュウマイや饅頭などの軽い料理をつまむ。料理を食べながらお茶を飲むのではなく、お茶を楽しみながら料理をつまむ、というほうが本当の飲茶らしい。中国茶は大好きなので、私たちは香港でお茶の葉を買いに歩いたが、お茶の種類はたいへんに多くて、中には二十里先まで匂うお茶とか、絶対に眠くならないという覚醒剤のようなお茶があった。私はありきたりだがジャスミン茶が好きで、お茶わんの中にジャスミンの花を一個浮かせて楽しむのが大好きである。中国料理でエビやカニの料理のあと、この中国茶で手を洗うと匂いがサッと落ちてしまうのが珍しかった。

西洋料理でも、生ガキのあとにレモンを浮かせたフィンガーボールが出てくるが、中国茶の方が一枚上だと私は思う。

……こう書いて私は今、胸の中に、あるお茶の思い出が浮かんできて思わず筆が止まった。お茶で手を洗う、というようなゼイタクなことをするなどと、あのころのだれが想像しただろう。あのころというのは戦争末期、東京じゅうが恐ろしい空襲にさらされていたころのことである。

私たちは防空頭きんをかぶり、モンペをはいたままの姿で日夜B29の爆音にせめられて、家の中と庭に作った防空壕の間を行ったり来たりして日を送っていた。空襲警報解除のサイレンが鳴ると人々はモグラのようにごそごそ防空壕からはい出して背を伸ばし、まだ存在しているわが家にもどっていった。そして、とぼしい貴重なお茶の葉をチョッピリ入れたお茶わんをかかえこんですすりながら、はじめて人心地のついたものだった。人にはいろいろなお茶の思い出があるだろう。しかし、もう二度とあのような辛いお茶の思い出は持ちたくない。

あのころの人々のあこがれは自動車でもテレビでも洗たく機でもなく、白米のご飯であり、天丼であり、甘いお汁粉だった。しかし人々が無意識のうちに欲していたものは、本当は天丼でもウナ丼でもなく、ゆっくりとお茶を楽しむささやかな自分だけの時間だったのではないだろうか。あのころの人々の気持はささくれ立っていて、「ものを考える時間」どころではなかった。「きょう生きる」こと以外のことは、どうでもよかったほどに疲れ果てていた時代であった。そしてたった一杯のお茶を楽しむことすら「ゼイタク」なこととして許されなかった時代なのであった。

戦後十七年たった今、私たちの生活に不自由なものは一つもない。けれど、人々は今、目まぐるしい日常の生活に追いまくられて、再び「考える時間」を失いつつあるのではないのだろうか。忙しいからこそ、ゆっくりとお茶でも飲んでお互いのコミュニケーションを結ぶことがなおたいせつなのではないだろうか。友人どうし、親子、夫婦、みんなお茶でも飲みながらゆっくりと話をし合えば、親交は深まり、誤解もとけて、みんなの生活がうまくゆくような気がする。「お茶でもいかが？」は世界共通の社交の潤滑油である。

（『ミセス』1963年5月）

世界食べある記

（39歳）

なんでも食べた私たち夫婦

「なんでも食べましょう」というと、なんとなくイカモノ食いのようにきこえるが、私たちが短かい旅行日程で、フランス、ドイツ、ハンガリー、オランダ、スウェーデン、イギリス、スイス、イタリア、と走りまわって、へたばりもせずに生きていられるのは「なんでも食べましょう」主義で、その国の食べものをなんでも受け入れ、味わい、楽しんでいるからだ、と思う。

偉い人たちの中にも、旅行先の大使館からオムスビや幕の内を出前させる人があるらしいが、明治の生まれだから仕方がない、と片づけるには、せっかくの海外旅行なのにもったいない、と「なんでも族」の私たちは残念でたまらない。

私たちも日本の食べものがほしくないことはないのだが、どうせ日本に帰れば食べられる、という余裕のある気持と、日本料理以外の食べ物をなんでも受け入れる、至ってユウズウのきく胃袋を持っているおかげで、行く先々の料理を期待できるだけでも旅行の楽しさは倍になる。

「食べもの一つでその国の文化がわかる」とよくきくが、全く百聞は一見にしかず、でなくて百聞は一口にしかずというか、新しい国にはいって、見たこともない料理を一口、口にふくんで味わう瞬間の楽しさは格別である。

チーズはフランスのお漬け物

「なんでも食べる」というと、まずフランスを思い出す。それは、この前の旅行のときにマルセイユから日本へ船で帰ったときの二十九日間のメニューである。ある日はビフテキが出るかとおもうと、ある日は牛の舌が出る。牛のしっぽのスープが出たかと思うと、ゾウモツの料理が出る。ノーミソの煮込みのつぎにはあばらの骨つき肉が現われる。なんのことはない。船が出帆するときに牛を何頭か積み込んで、それをあますところなく料理して食べさせられている、ということである。ノーミソだけは、あの白いグネグネしたままの形で出てくるのでちょっと閉口だったが、あとはなんとなく胃袋に納まってしまった。

私がフランスでいちばんおいしいと思うのは、なんといってもチーズである。チーズは何十種、何百種とあるので、とても全部をためすことはできないが、ブドウの種で外側を固めたのや、カマンベールというトロリとした柔らかいのや、青カビのはいったゴルゴンゾラは大好物である。フランス人の食道楽は有名だが、食事の終りには必ずといっていいくらい、チーズを食べる。何種類かのチーズを好きなだけ自分のお皿に取って、パンを片手に赤ブドー酒で食事の仕上げをする。日本のごちそうのあとの「お茶づけ一杯いかが?」と全く同じことである。チーズは食べどきがあるから、パンを買うときに、その日に必要な分だけを買うのだが、「カマンベール、今晩のを」と言うと売子が幾つか指の腹でキュウキュウと押してみてよさそうなのを選んでくれる。直径十五センチくらいのが百五十円ほどだから、四、五人分のおつけものには格好である。フランス人に「なくてはならないものは?」と聞いたら「チーズとブドー酒」と答えること受けあいである。

毛をむしった豚のすねと格闘

ドイツの代表的料理はアイスバイン。さてどんな珍しい料理が出てくるだろう、と胸ときめかせて、ナイフとフォークを前に待ちこがれているとデブの給仕が持ってきたお皿を見てギョッとした。うす桃色のデコボコの肉塊が一個のっかってお皿からはみ出すような格好で湯げを立てている。とりあえずフォークでつついてみたが、ビクともしないので気味が悪くなってきた。一言でいるなら、ひざっ小僧のうでたてである。豚のすねの毛をむしって塩うでにしたものだそうだが、その色ぐあいといい、大きさといい、どうしても人間のそれを思い出さずにはいられなかった。エイ! とナイフを入れてみたら、半インチほどは油で、その中から桃色の肉、その中から真白い骨が出てきた。肉はサッパリとした味でよかったが、油のほうはベロベロして、さすがに二口、三口、しか食べられなかった。あっちへ転がし、こっちを突っつきしている最中に、石川五右衛門の釜ゆでが頭の中をかすめたのにはわれながら驚いた。アイスバインはほどほどにして、じゃがいもでおなかをごま化した。気味が悪いといえば、もう一つ、ドイツでこんな思い出がある。ある日、松山と二人で通りすがりの小さなレストランへはいったときのことだった。メニューが全然わからないままに、ベーコンという字を見つけたので、日本のうすく切ったベーコンを想像して注文した。出てきた料理は、なんと厚さ三センチ余り、葉書大くらいのベーコンが二枚もお皿にのっかっていて、おまけに太い豚の毛がピュッピュッと立っている。豚の毛を指でつまんでひっぱってみようか、どうしようか、と考えているうちになんだかいや気がさしてきて、ベーコンはあきらめ、じゃがいもだけでがまんした。じゃがいもはドイツの主食だが、塩うでも、マヨネーズあえも油あえも実においしい。大皿に山盛りのじゃがいもをドイツ人がシチューやソーセージをおかずにしてペロリと平らげるのは壮観である。

肝と牛肉を混ぜたような鹿の味

ハンガリー料理のこつはパプリカの使い方一つである。パプリカチルケというパプリカで鶏を煮込んだ料理はごく普通の家庭料理だが、私はすっかり気に入って、どこのレストランでも「パプリカチルケ！」を連発した。パプリカの輸出量はハンガリーが一番だけあって、香りも味も上等だった。

オランダは、日本のように生の魚を食べるそうである。おさしみなんかにせずに、小魚の尻尾をつまんで、上向きに大口をあき、ポトリと落としてムシャムシャとやる。私は敬遠させてもらって青豆とソーセージのスープをもっぱら愛用した。青豆とソーセージの切ったのをコトコトと煮て、塩味をつけたごく簡単な家庭料理である。

ヨーロッパで珍重されるのは、鹿と兎と猪だが、私は鹿がいちばん好きだった。ちょっと肝と牛肉を混ぜたような味で、煮込んだりローストに作ったりする。かたつむりも好物の一つだが、一度取り出した肉を、バターとニンニクとパセリのきざんだのと混ぜて、またからにつめて天火に入れる。タニシのようなぐあいでシコシコしておいしい。かたつむりといってもかなり大きいから、前菜に六個も食べれば充分である。

さすがにおいしいバイキング料理

スウェーデンのバイキング料理は、このごろ東京にも二、三料理店があるが、本場のバイキングはさすがにおいしい。大テーブルの上にちょっとくん製した鮭、キャビア、ハム類、えびその他の魚類、ソーセージ、野菜サラダ、それに暖かい料理やデザートまでがいっしょにのっていて、お皿を何度も取り替えながら好きなものを自分で取って食べる。メニューとにらめっこをするのがきらいな人にはいちばん便利な料理だろう。スウェーデンには「パンカカ」という家庭料理があって、これは簡単な昼食用にちょうどいい。卵とうどん粉を練ってひき肉を少し入れ、バターでうすく焼いたものにジャムを塗って食べる。

イギリスでは、お国料理のローストビーフのおいしいのを、とあちこち食べ歩いたが、どこも味は極上というわけにいかず、少々失望した。イギリス人の質素にしてかつ静かなことといったらレストランへ行っても話声一つきこえない。

チーズとニンニクのスパゲッティが好物

イタリアの名物は、いわずとしれたスパゲッティ。スパゲッティ、マカロニ、日本のキシメンのようなフェトチーネ、天使の髪の毛といわれるベルミセル、これらの料理はやはり何百種もあるそうだが、すべて前菜である。スープかスパゲッティ類をまず食べてから肉か魚を食べるのが普通である。スパゲッティにもあさりのはいったもの、トマトソースのもの、ひき肉入りのもの、ニンニクとパセリだけのもの、といろいろある。マカロニというのはイタリアの悪口の一つで穴があいていて、つまりアホウということだそうである。スパゲッティは日本のようにゆですぎず、シコシコして歯ごたえのあるのをよしとするらしい。グダグダのスパゲッティは残りものとされてつき返しても文句はいわれない。スパゲッティ用になくてはならぬものはトマトで、これは保存用に、八百屋の店先に、ほおずきのような小さな真っ赤なトマトが房になってブラ下がっている。干してしなびてしまってもお湯でもどしてトマトスーゴ（スープをにつめたもの）にすることができるそうで、スーゴ作りのうまい女性は家庭向きといってほめられる。イタリアは、スパゲッティのほかに、カネローネ、ラビオリ、ピツァパイなどと、うどん粉とチーズを使った料理が多いせいか、女性は二十歳を過ぎるとメキメキ太り出してくる。日本人にはおよそ想像もつかないように丸くころころと太ったおばさんが、楽しげに皿を前にして、フォークに巻きつけたスパゲッティを器用に口に放りこんでいる風景はユーモラスである。松山はチーズとニンニクのはいったローマふうが好きなので「スパゲッティアリオオリオ」と注文すると、ボーイが「ローマ人のようだ」と大きな手でバン！　と肩をたたいてニッコリする。イタリアのボーイはみんな大きな声で明るくほがらかだ。

世界の料理をわが家で作ろう

しかし、どこの国へ行っても、食器といえば例外なくナイフとフォークとお皿が並ぶ。かわりばえのしないそのうえに、アイスバインのような見ばえのしない料理でも出てくると、日本の皿、小鉢の繊細な美しさがつくづくなつかしく思われる。日本料理ほど目と口と両方で楽しむ料理はない。そして日本ほど、居ながらにして世界じゅうの料理を楽しめる国もないだろう。

しかし、ほんとうに料理を楽しむのはけっしてレストランではなくて家の中ではないだろうか、外国では旦那さんが台所へ顔を出すのはけっして珍しいことではない。お皿を洗うためでなく料理を手伝って楽しむ旦那さんがたくさんいる。家じゅうが料理に興味を持てば、食事の支度に追われる奥さんの気持はもっと違ったものになってくるだろうと思う。せっかく世界じゅうの料理があるのだから、奥さんもどんどん外を出歩いてなんでも食べて試食をし、研究して、自分の家で作るようにすれば、世界の料理わが家にあり、でこんな楽しいことはない。レストランにない味を自分で出す楽しみはミセスのものである。そしてレストランの何分の一のお金で一家じゅうが楽しめれば、旦那さんのサイフも奥さんのごきげんも子どもさんの栄養も満点で「なんでも食べましょう」バンバンバンザイである。

（『ミセス』1963年6月）

おせち料理の郷愁

小さい時から働いていた私は、自分の家でお正月をすごした記憶がない。人々がおこたの中で除夜の鐘を聞くころ、私はいつも夜汽車にゆられていた。元日からの地方の映画館のごあいさつ旅行である。だから各地方のおぞう煮の味は知っていても、わが家のおぞう煮やおせち料理の味は知らない。おせち料理への連想は家族たくさんの家庭の風景である。おばあちゃんやおかあさんが暮れのうちに手間ひまかけてこしらえた料理をお重にぎっしりとつめておき、お正月中家族がふたをあけては楽しむ。そのおせち料理の習慣も、世の中の変化につれて、やがては一家だんらんの姿とともに自然に消滅してゆくのだろう。

おもちやおせち料理ににが手なわが家では、暮れに牛肉や鶏をたくさん買いこんで冷蔵庫にいれておき、元日からスキヤキや水タキを食べている。夫婦ともに肉気と生野菜が好物だし、それにもあきると中国料理店へ飛んでゆくからやっぱりおせち料理には縁がないし、食べたいとも思わない。そのくせ、デパートのおせち料理売場に出かけて行ってキントンや黒豆をながめてくるのは、一体どういうことだろう。好ききらいを別にして、おせち料理は私にとって一つの郷愁のようなものなのかも知れない。

（出典不明　新聞　１９６３年頃）

テレビ・ドラマに出ないわけ――きらいでなく、こわい（40歳）

「なぜ、テレビに出ないのですか」――一日に一度くらいのわりで、私はこうきかれる。私がテレビに出ないことがそんなに不思議なことなのだろうか、私にはそれが不思議である。出なければ出ないで、テレビ局はあの手この手でせめにくる。「出演料なら出来るだけのことをいたします」「私の局では全国二千万の視聴者を持っています」「企画、時間、スポンサー、すべてご随意で結構です」……。

どれも、これも、私には関係がない。私は断然出ないのだから。私の恩師ともいえる木下恵介先生のドラマ出演さえ私はお断りした。仕事というものは引受けるのは容易だが、断るのは大変辛いものだ。ことに木下先生のお仕事を断るには相当な勇気がいった。「出ない」ただ、それだけの理由で、私は「テレビぎらい」というハンコを押された。すると今度は「テレビはおきらいだそうですが」の質問ぜめにあう。好きなら「出て」、「きらい」なら「出ない」。ただそれだけの理由で片づけられるものだろうか。私はテレビが「おきらい」ではなく、テレビが「こわい」のだ。恐ろしいのである。

自分の職場のことについて、ものを考えたり、いったりすると、どうしても我田引水になる。

が、映画界で育った私は、テレビに出ないことによって、あくまで第三者の目でテレビを見ることが出来る。テレビのインチキ性、テレビ・ドラマの練習不足による、または、やっつけ仕事のわびしさ、人をバカにしたアチャラカ、聞くにたえない歌、ピストルや殺人の過剰、茶の間には不向きなエロやグロ……私のこわいのはそんなことではない。私のこわいのは、テレビ出演者の目、つまり目の玉である。

その目は、あるときはセリフを忘れたとまどいの目であり、あるときはうつろな金かせぎのための目であり、あるときは人をバカにした思い上がりの目である。俳優を職業とする私には、それらの目にぶつかるとき、わが身を鏡のなかにみるようで身の毛がよだつ。役者のてんてこ舞は、いうなれば私自身のてんてこ舞であり、役者のごまかしは、つまり、私のごまかしだ。テレビ・カメラのレンズは骨のズイまで写し出すものか、と私は思う。

テレビに出るには「かくご」がいる、ということがわかればわかるほど、私は自信がなくなるのだ。テレビなんてものはしょせん「そんなもの」でいいのかも知れないが、私にはどうしても納得がゆかない。そういうことにこだわるのはおトシのせいかもしれないが、この年になって恥をかく気にもなれない。

私はテレビが「きらい」なのではなくて、「こわい」のだ。

（『朝日新聞』1964年10月9日夕刊）

六本木かいわい――わたしの散歩道　（40歳）

東京で散歩を楽しむには大変な勇気がいる。うっかり歩けば自動車にはねとばされるかも知れず、自転車につき当るかもしれず、上からレンガが落ちて来るかもしれず、スリにあうかもしれないから、まず完全武装が必要だ。おまけに神経をピリピリさせていなければならないから、散歩の意味をなさない。

辛うじて私たち夫婦の散歩道といえば、麻布の永坂を下りて六本木へ出て、数多い中国料理やでラーメンをすすり、帰りはかどの本屋へ寄って立読みをして、八百屋の店さきで季節の野菜などをながめる。そのたびに、せまい歩道に出しゃばっている電信柱につきあたりそうになって、腹を立てる。

このごろ、六本木界隈《かいわい》に古道具やが軒並みに店を出したのは楽しいが、これまた目の玉が飛出すような値段にはビックリするよりさきに腹が立つ。これではフルドウグヤでなくてフンダクリヤだ。

家の近所はオリンピックのとばっちりか、道は無惨に掘りかえされて、散歩のたびに足もとが泥まみれになる。まず、動物園のクマよろしく、わが家の中を歩きまわっているのが最高の散歩のようである。

（『朝日新聞』１９６４年10月14日）

木綿

（42歳）

私が少女のころ、はじめて買ったふだん着は、紺の木綿地に白と黄の井桁絣《いげたがすり》だった。値段が張らず、それでいて柄のよいものを、とデパートを歩きまわっていたとき、パッと目に飛びこんだのが、その絣だった。

分《ぶん》相応という言葉がある。まだ前髪を垂らした私が農家の少女が着るようなその絣に黄色い帯をしめると、われながら分相応に似合って得意であった。さんざん着物で楽しんで、あとは袖なしのチャンチャンコになり、戦争中は防空頭巾になって、私の頭を守ってくれたのだから、丈夫なことでも十分満足した。

戦後、種々の和服の布地が発売されているが、地方へ行くとまだまだ純綿の紺がすりが農家の人々に愛用されている。洗いざらしてなお美しく、ぬれた木綿の着やすさはやはり他の布地には求められないものなのだろう。

日本の布《きれ》という懐かしさが、しみじみと感じられるのは木綿の紺絣《がすり》が一番である。

看護婦さんが白衣をつけると、ぐんと女っ振りがあがるように、紺絣に身を固めた農家の女性は、さっそうとして美しい。そして、緑一色の広い畑や青い空に、あれほどパッチリと似合う労働着はない。

生来、頑固な私は、絣に味をしめて、少し大人になり、少し出世？　してから男ものの薩摩絣《がすり》を買って着た。西郷隆盛の着るような、細かい絣にエンジの帯をしめて、またまた私は得意になった。

今から十一年前、結婚をしたとき、私は夫にやはり薩摩絣の対《つい》を贈った。上等もので、ヒキで八万円という値段にはビックリしたが、良くて丈夫で長保《も》ちすることは承知のうえなので、思い切ってフンパツし、そのお対を着た旦那様をニタニタしながら眺めた。

まるで薩摩絣を着せたいばかりに結婚したくらい、私は得意で満足だった。そのお対はその後、何度か洗い張りをし、仕立て直されて、今なお健在で、夫の仕事着になって活躍している。

私の大好きな日本の布、絣は、薩摩、久留米の上等のほかにも、伊予、出雲、広瀬、そして島根県や山陰などで相当量が生産されているそうで、絣ファンとしてはたいへん心強く、嬉しいことである。

（『婦人公論』１９６６年12月）

へそくり

（43歳）

ちいとばかり〝へそくり〟がたまりました。え？　あなたでもへそくりなんかあるんですかって？　もちろんです。あたりまえです。私にとって、へそくりは生活の楽しみの一つなんです。毎月の家計費の残り、小銭の貯金、古着の売立て、『ミセス』の原稿料、などなど。へそくりで好きな買い物をするのは楽しいことです。いい気分です。口笛を吹きたくなります。まだ、あなたでも？っておっしゃるの？　わかってくれないのかなア、お互いに女じゃないの、そして女房じゃありませんか。

私、このたびちょっと変わった買い物をしましたの。ええ、もちろんへそくりで。それはね、汽車の切符。〝ひかり〟の一等、東京—京都の往復切符。私はへそくりで京都一泊旅行を買ったのです。そう、私ひとりっきりで、羽を伸ばして初夏の京都をぶらりぶらりと気の向くままの二日間、いいじゃない？　私のスケジュールとへそくりのゆくえ？　では、ご報告しましょう。

午前九時発のひかり号に乗車。窓外のけしきに心うきうきする間に、早くも汽車は名古屋駅にすべり混む。ここらで食堂車に席を替え、コーヒーなど一杯。窓外に、みるみる緑が増してゆく。京都到着は十一時五十一分。タクシーで、祇園は「権兵衛」なるおうどん屋さんに直行。ここのてんぷらそばはまさに天下一品。そのあとホテルで少々休息。一ふろあびて昼寝などもちょっとおつ。午後からは足にまかせて京都の町をほっつき歩く。迷い子になっても狭い京都のことだから心配は無用。通りすがりの古道具屋などを片っぱしからのぞいて、ひやかして、何にも買わない。夕暮れともなれば、情緒豊かな先斗町を抜けて河原町四条へのコースをとる。そして夕食。これが本命。一流の関西料理はチップも入れてまず五千円ほど。値段ははるけど、それだけの値うちがあるからしかたがない。ここで、フランス製のスカーフが買えるのにさ、もったいない、なんてことを考えてはだめ。えい、食っちまえ、の精神をふるい起こす。極上の関西料理に舌つづみを打ったあとは、腹つづみではなく、腹ごなしにパチンコ屋で二百円がとこの玉をはじく。夜の京都の町を散歩しながらホテルに戻り、マッサージをとって大往生。

さて、つぎの朝は、思いきり寝坊をして、ルームサービスのコーヒーが朝食。小型タクシーにふんぞり返って嵐山あたりまでドライブ。渡月橋など渡ってみたり、嵯峨の竹やぶの中を彷徨したり。昼食は木屋町の「しる幸」で利久弁当。午後の散歩は、京都の胃袋といわれる食料品街「錦」へ。生麩、こぶ巻き、西京づけ、などを買う。早くも世帯じみてくるのを、いや、まだまだとばかりに、今度はぐっと趣向を変えて、博物館行き。時間の許す限りひそかに教養などをたくわえるのも忘れてはいけない。汽車の時間に近づいたところで、祇園「鍵善」へ立ち寄り、名代「くず切り」をすすり、抹茶をいただいて、京都旅行の仕上げをする。「錦」の買い物、「いづう」のさばずしを胸にかかえて、三時、車中の人となる。そしてわが家の夕食は京都の味があふれるばかり。旦那さまにもへそくりのおすそ分けという寸法でめでたしめでたし。

どうです、豪華版でしょう？　え？　ひとり旅じゃ心細いって？　それならお友だちを誘い合わせてはいかがでしょう。気の合った友人との旅行ほど楽しいものはありません。そりゃそうよ、百円のタクシーだって四人で乗れば二十五円？　またそんなかなしいことを言う。へそくりというものは、景気よくぱっと使うところに醍醐味があるんじゃないの。……まあ、いいでしょう、いいでしょう。でも、まずためることです、せっせとね。で、いったいいくらかかったのよって？　ああ、忘れてた、はい、内訳はごらんのとおりです。汽車賃は別よ。

（『ミセス』1967年6月）

ホテル1泊（バス・トイレ付）	2800円
コーヒー	80
てんぷらそば（「権兵衛」）	170
夕食	5000
パチンコ	200
マッサージ	600
コーヒー	200
利久弁当（「しる幸」）	400
こぶ巻き	90
生麩	120
西京づけ	300
くず切り（「鍵善」）	200
さばずし（「いづう」）	600
タクシー	2000
計	12760

蛇料理

（44歳）

「空飛ぶものでは飛行機、四つ足では机と椅子《いす》、二本足ではお父さんとお母さん。その他のものはなんでも、料理して食べちまうネ」

と、広東《カントン》人の友だちから言われて、さすが食いしんぼうの私も驚いたことがある。なるほど広東料理の材料は、中国料理の中でも幅《はば》？が広く、カエル、熊の掌《くまのて》、アヒルの水かき、豚の軟骨《なんこつ》とヴァラエティに富んでいる。が、その中でも冬の料理の王様は、なんといっても蛇《へび》である、と私は思う。

華やかな宴会の席には、およそ不似合いな風体《ふうてい》の中国人のオヤジが、汚《きた》ない麻袋をひっかついで登場する。麻袋の口に手をつっこんで、一メートルほどの生きた蛇をひきずり出す。尻尾《しっぽ》をツマ先で踏まえると同時に、右手の親指で蛇の腹をさぐる。小刀をあてたと思うと、ピョイと蛇の胆嚢《たんのう》がとび出す。五人の客なら五匹の蛇、十人の客なら十匹の蛇の胆嚢がつぎつぎと切りとられて、白い碗のふちに行儀《ぎょうぎ》よく並べられる。

蛇は、青大将《あおだいしょう》をはじめとして、シマ蛇、コブラ、ハブ、まむしなど。毒蛇《どくじゃ》の数が多いほど料理の味もよいとされるのは、日本でフグを食べるスリルと同様のものらしい。

さて、碗のふちに並んだ胆嚢に更に小刀をあてると、緑色の胆汁《たんじゅう》がツーと碗の底に流れおち、そこへ汾酒《ふんしゅ》という中国酒がたっぷりと注がれる。胆汁はムラムラとおどりあがってあざやかな緑色に変色する。この酒がコップに取り分けられて、食前酒になるのである。味は少々生臭《なまぐさ》く、ホロ苦《にが》く、美味とはいえぬながらも、すすめ上手の中国人に「めっぽう眼によい」とか「身体に絶対」とか言われると、ハナをつまんでも飲むべきか、べからざるか、さように複雑な感情にとつおいつする内に、くだんのオヤジは例の麻袋《あさぶくろ》をひきずって台所へ下がるという寸法になっている。

緑色の酒がやっとこさ胃《い》の腑《ふ》に落ちつき、にぎやかに前菜に箸《はし》がのびるころ、現われ出《い》でるのが小皿に盛られた白菊《しらぎく》の花ビラとレモンの葉の細切りで、この二皿が出たら、「いよいよ、蛇料理のおでましだョ」という前ぶれである。

顔はニッコリしながらも、心中ギョッとし、なんとなく咳《せき》ばらいなど出ちゃったな、と思う間もなく、世にもマレなる芳香をまき散らしながら、ボーイのささげ持つ大丼《おおどんぶり》がホカリホカリと湯気を立てながら、テーブルに置かれる。といっても大丼の中に蛇がトグロを巻いているわけではなく、蛇は皮《かわ》をむかれてマッチの棒ほどに切りきざまれ、同じような姿の竹の子、鶏《とり》のささ身と一緒にトロリと煮込まれているから、碗に取ったあつものをスプンでひっくり返し、とっくり返しても、どれが蛇やら竹の子やら見当《けんとう》がつかない。みようみまねでレモンの葉と菊の花ビラを散らせば、その芳香《ほうこう》は一段と食欲をそそり、もはや頬っぺたのさきにハナが落ちそうになる。一口、口にふくめばその美味、なんとも例えようもなく、命がのびるとでもいおうか、思わず満足の溜息《ためいき》が出るばかりである。

白菊の花びらを一緒に食べるのは解毒《げどく》のためと聞いたが、毒にあたろうがあたるまいが、一度味わったら忘れられないのが蛇の味、というところもちょっとフグに似ている。

最初の広東人の言葉は少々激しいが、広東料理はそれほど工夫《くふう》を持った料理といえるだろう。蛇も狸《たぬき》も赤犬も彼らの手にかかると、美味《おい》しい美味しい料理に化《ば》けるのだから驚く。今年も大いに食べて一生けんめい働こう。食いしんぼうバンザイである。

（『婦人生活』1969年1月）

私のふだん着——きもの三昧がこれからの夢

＊１９７０年代（46歳）

私はきものを着なかった。それが、若い頃みっともないことに、湯たんぽで脚にやけどをして、寝ているうちに火ぶくれになり、くつ下も履けないのでしかたなくきものを着た。

その時買ったのが、ニコニコ絣という田んぼで田植えをするときの木綿の絣で今でいえば二千円くらいであったろう。とても絹のきものなど自分は着こなせないとわかっていたので、それに黄色の木綿の帯をしめた。

それからきものが好きになったが、顔がちまちまっとして特徴がないし、大きい柄のきものは顔がとんでしまうので無地のきものが多かった。

ニコニコ絣の次に作ったのが、男もののさつま絣。それからは、だいたい男のきものを着た。女のきものは、六十歳や七十歳の女の方の着るようなものを着つづけ、そしてそのまま年をとって現在に到る。

年をとってみたら、そういう地味なものが非常にきたなくみえてきた。少しは派手にしようと思うが、ブルー、紫などは、どうしても似合わない。それじゃ地味で派手ということになると黒がある。それも裏だけをさび朱にするなどは、きものならではのやさしさである。愛用しているのは、黒の結城である。

しかし、きものは確かに着にくい。こんなめんどくさいものはないと思う。私はいつも「小包になっちまったみたい」な気がする。なんとか、ガンジガラメにならなくてすむ方法はないのかしら、などと思うが……。

私が感心するのは、きものを着なれたお年よりが、帯なんかぐずぐずだが、それが何ともよくて、えりもともたっぷりと、覗くとみえちゃいそうで、そのくせどこかがきゅっと締っている、あのさまである。もっと年をとったなら、あんな着方を研究してみたいものだ。そんなきもの三昧《ざんまい》が夢ではあるが、今のところは、やはり結婚式とか、冬の夜のお招ばれとか、そんな特別なときにだけきものとおつき合いをしている。


（『婦人画報』1970年12月）

現代おむすび考　（47歳）

簡単で食べやすいから

私は、丸ノ内のビルの一階に小さなガラクタ屋の店「ピッコロモンド」を持っている。時間のあるときには店に顔を出したついでに近所のビルのアーケードをのぞいたり、十二時から一時の間の歩行者天国を楽しんだりして、若々しいふんいきにひたるのがこのごろの私のレクリエーションの一つになっている。

このごろの東京の街は、実に美しすぎるほど美しい。近代的なビル、舗道の花壇、しゃれた飾りつけのウィンドー、色彩はなやかにあふれるばかりの品物。そしてサッソウと行きかうミニスカートやホットパンツの美人たち、幅広のネクタイ、カラーのシャツ、しゃれた背広姿のサラリーマン、まるで西欧の大都会でも見るようである。

お昼時、このあたりの混雑はすごい。いくら目抜きの大通りとはいえ、いったいどこからこんなにおおぜいの人間がわき出たか、と思うほど、人、人、人の波で、各ビルの食堂の前はからっぽの胃袋の大行列となる。食堂街にはサラリーマン用のランチが多種多様に売られていて、どの売店にもおさいふ片手のBGたちがひしめき合っている。ちょっとのぞいただけでも、炒飯弁当、シューマイランチ、サンドイッチに菓子パン、五目ずしにのり巻き、赤飯弁当に幕の内に支那マンジュウ、ズラリと並んだ三角おにぎりの隣には、ポテトサラダ、マカロニサラダ、キンピラ、コブマキ、チャーシュウなどのおかず類が並んで、まさにより取り見取りである。こんなに多種類のランチを持つ国は、世界広しといえども日本国だけだろう。値段はだいたい、一人前百円から三百円の間で、おにぎりだけが一個売りであり、そのおにぎりが飛ぶように売れてゆくのを見て、私はちょっとおかしくなった。このあたりのカッコいいふんいきと、素朴にして質素な三角オニギリとはどうもイメージが結びつかないではないか。それにしても、なぜおにぎりはこんなに人気があるのだろう？　そこで私は、たばこ屋のカワイコちゃんやデパートの売り子さんやキッサ店のウェートレスや外国商社のタイプライター嬢にインタビューを試みた。

「なぜ、おにぎりを買うの？」という私の問いに、彼女らは一瞬目を丸くした。ヘンなことを聞くオバハンだと思ったのだろう。

「簡単で食べやすいから」

「値段が安いから」

「うちでは食べられないから」

「パンじゃおなかすくから」

「おにぎり屋へ入ると高いから」

「さけやタラコは家にないから」

「朝ご飯は食べてくるの？」という問いには、半分くらいが「食べてこない」と答え「自分でおにぎり作れる？」と聞いたら、大多数が「作れなァい」と恥ずかしそうに笑った。

「食べやすいから」

なるほど、昼休みの一時間という時間は彼女らにとってけっしてたっぷりとした時間ではないのだろう、その一時間の中で彼女らはランチを取り、お化粧直しもしなければならず、必要品の買い物もあるだろうし、散歩もしたいだろう、一時間を効果的に使うためにはどうしても食べる時間を縮めるほかないのである。「わかるわかる」と、オバハンはうなずいた。

「値段が安いから」

やっぱりそうなのか。おにぎりの値段はだいたい「梅干し」「カツオブシ」入りが一個三十円ほど、「タラコ」「さけ」入りになると一個四十円ほどで、特大ののり巻きになると一個五十円ほどである。

「でもねェ、安いといってもおにぎり二個とちょっとおかずを買うと二百円になっちゃうの」と、彼女らはかわいい顔を曇らせる。彼女らはみんな若くて美しい。流行の洋服もほしいだろうし、靴もいる、そして罪なことには、このあたりの店には彼女らを誘惑する品物がありすぎるのである。若い人たちにとっていちばんできないことは「がまん」である。限られたサラリーから夏のワンピースでも買えば胃の中は当分の間おかずなしのおにぎり二個でがまんしなくてはならないのだろう、シワ寄せはやはりランチにかかるようである。

「うちでは食べられないから」

というのは、中身のタラコやさけのことらしい。これは一家の主婦である私をも「泣かせる」一言であった。さけやタラコは昔ならいちばん安いおかずであったのが、このごろではとても総菜の中の一品に加えられるというような値段ではなくなってしまった。昔、よく母が「さけはありがたい魚だね」と言っていたのを思い出す。さけさえあれば、朝、昼、晩のおかずになり、お弁当のお菜に、お茶づけに、といつでもおいしくて、そして安いから、だと言ったが、いまやさけは庶民の魚ではなくなったどころか料理屋でりっぱな皿にのって出てくる〝御鮭様〟になってしまったのだから、さけもわが身の思わぬ出世にさぞめんくらっていることだろう。さけの出世ほどではないとしても、おにぎりの身分もまた昔とは少しニュアンスが変わってきていることは確かである。第一、野外用の弁当や携帯食であった握り飯がだんだん屋内でも食べられるようになり、昔はなかった「おにぎり屋」などという商売が成り立ってゆく世の中である。日本人が全く米を食べなくならないかぎり、おにぎりは本来の携帯食とか郷愁とは関係なく、ただ「簡単で食べやすいもの」として残ってゆくのかもしれない。

ああ、銀シャリの塩むすび

考えてみれば、日本人とおにぎりのつきあいは長い。平安朝のころから、宴会のときなどに握り飯を従者に与えたということが文献にあるそうだ。小さなパラパラの粒を手で握って一つのかたまりにする知恵はやはりすごいことだと私は思う。入れ物がなくてすむ食事であるおにぎりは、その後、台風や火事、地震などの非常時にはなくてはならない生命のかてになったし、日もちのする〝焼きむすび〟は長旅には欠かせない携帯食として常識になっていた。

戦争中、空襲を受けて燃え盛るわが家を捨てて逃げるとき、人々は箸や茶わんは持たなくても、米と釜だけは背負って逃げた。どこへ行くにしても燃料と水さえあればご飯をたくことができるからである。戦争も終わりのころ、食料不足で瀕死になった戦地の将兵たちは、ヘビやトカゲで飢えをしのぎながら、ただひたすらに〝銀シャリの塩むすび〟にこがれたという話も聞いた。タラコやさけの中身はなくても、米さえよければ、両手につけた塩がご飯の水気でとけておにぎりにしみ込み、塩むすびには特有のうまみがあった。茶わんに盛ったご飯に塩をかけてもあの味わいが出ないのは不思議である。

戦争も終わりに近づいたころは、米はもちろん、食物らしい食物は誰の口にも入らなかった。米の代わりにほそぼそと配給になるのは、とうもろこしの粉か、馬が食べるフスマ、魚はサメかスケソウダラの切り身、カボチャのツルや大根の葉は貴重な野菜であった。戦後のやみ市で久しぶりにおにぎりを見たときの感慨は忘れられない。「戦争、カッコイイ!」などとうそぶく、今の若者たちに聞かせてやりたい話である。

戦後、私は、アメリカ進駐軍用の劇場「アーニーパイル」(現在の東宝劇場)で、急ごしらえのイブニングドレスを着て歌をうたっていたが、私の楽屋は一日じゅう、日系アメリカ人将兵、つまり二世の兵隊で満員であった。生まれて初めて日系人を見た私は、初めのうちは、顔は日本人でも日本語のタドタドしい彼らが気味が悪くてしかたがなかった。しかも彼らは、プレゼントのチョコレートや花束を私に手渡してもなかなか帰ろうとはしないのである。それもそのはず、彼らは私の歌が好きなのでも、私の顔を見にくるのでもなく、なんと、お目あては、私の持っている〝握り飯弁当〟だったからである。「イタリア戦線やジャングルの中で、鉄カブトで米をたいては力をつけた」「僕たちは日本人だから握り飯がなくては生きてゆけないのよ」そう訴えては、彼らは私の〝おにぎり〟をチョロまかした。それから二十余年たった今でも、その中の何人かの二世とつきあいが続いているが、会うごとに話題にのぼるのは、当時のおにぎりの一件である。「おむすびに結ばれた交友関係」、日本人ならではの思い出だろう。

　おにぎりについての思い出はいろいろあるが、なんといってもおいしかったのは、まだ小さい子どものころ、台所で母がお釜からおひつにご飯を移すときに、お釜の底に残ったお焦げにちょっとしょうゆをたらし、小さな俵形に結んで、まだあたたかいお釜のふたにのせてくれるのを、待ち構えていて口にほおばったあのフウワリとしたおにぎりの味である。癇性な母はおむすびを作る前には必ず両手が真っ赤になるほど洗い清めた。そういうくせはいつの間にか見よう見まねで子どもが受け継ぐものだろうか、私もまたおむすびを作る前には念入りに手を洗わなければ気がすまない。

　しかし、「おにぎりはおいしいもの」と決めている私にとって、若い彼女らの答えはショックだった。

「全然まずい」

「初めから味なんて期待してない」

　私は「そんなまずいおにぎりをなぜ食べるの?」とききたかった。が、所詮前と同じ返事のむし返しであることはわかっている。私はなんとなくアゼンとし、そして、おにぎりは「まずいもの」と承知で食べている彼女たちがちょっと気の毒になった。

女房の握り飯は最高で

街で売っているおにぎりは、なるほど見るからにまずまずしい。大量生産されるおにぎりは三角の木型でポンポン打ち抜くだけだから、密度が薄くて指でつまむとバラリとくずれてしまい、ギリにも〝握り飯〟などといえるものではない。吹けば飛ぶような貧相なおにぎりでは女の子に軽蔑されてもしかたがない。

おにぎりはもともとゼイタクな食べ物ではなく、非常用の簡易食である。せめて、それなりの誠意と心があってほしい、と私は思うのだけれど、どんなものだろう。

〝食べ物〟は、不思議に、安い材料、粗末な材料ほど、料理に愛情と手間ヒマがかかるものである。たとえば、オカラをおいしく煮上げることは、ビフテキを焼くよりずっとむずかしく、本物の〝牛飯〟を作るのは、スキヤキを煮るよりめんどうである。

牛飯といえば、最近私は久しぶりに牛飯を食べてビックリ仰天した。それは私の知っている牛飯とは似ても似つかぬ、スキヤキの残りをご飯にブッかけたしろものであった。牛飯というものは、牛の筋や腱を小さく切って、これも刻んだコンニャクと玉ネギといっしょに二日も三日もコトコトと煮込むのである。筋や腱はトロトロに煮とけて、えも言われぬうまさになる、日本風シチューとでもいう味だろうか、とにかく絶対にスキヤキの残りとは違うものなのだ。大正生まれの食いしんぼうが何をゴタゴタ言いやがる、と思うかもしれないが、私にすれば、いつの間に牛飯がスキヤキの残りに肩代わりしたのか、どうしても納得がいかないのだからしかたがない。いや、それも百歩譲るとして、スキヤキの残り風牛飯は、昔を知らなければそれはそれとして通ってゆくかもしれないが、そのついでに料理にいちばんたいせつな愛情までが消え去ることが私には残念でたまらない。

東京というところは、もともと地方から出てくる人間のより集まった大きな田舎だったから、東京料理といえるようなものはなく、なんでも煮っころがし風のヤボくさいものばかりだった。それでも家庭の主婦はなんとかくふうを凝らしては、愛情と手間ヒマかけて総菜料理を作った。手の痛くなるほどオカラを練り、ヒジキと油揚げを根気よく煮含め、イワシをすりつぶしてツミレを作り、わが家だけの女房の味を、おふくろの味を作り出すことを、女の誇りとしていたものだった。日本国の食べ物がガラリと変わったのは、やはり第二次大戦後のことだろうが、どんなに人間の嗜好が変わったとしても、料理に愛情がいることだけは変わらないと私は思う。勤め先では、握っていないおにぎりや、スキヤキの残り風牛飯を食べ、家へ帰っては、インスタント食品やデパートの総菜ばかりになってしまったら、世の中はきっと、つまらない人間ばかりになってしまうのではないか、と私は気が気でない。

昔、女が結婚する、ということは、最初はいくら体裁のいいことを言われても、所詮は「家族のために一生、台所仕事を受け持つこと」にほかならなかった。最近でこそ、共かせぎがふえて、「家で食べるのは夜食のインスタントラーメンくらい」という夫婦もあるが、それでも一生それだけですんでゆくものでもなし、それですませては、「女がすたる」というものだと私は思う。

夫婦なんていうものは、いずれ色気がなくなれば食い気が残るだけなのだから、夫を終生つなぎとめるには、最後は「女房のうまい手料理」しかないのである。共白髪の夫婦になって、今日も明日もインスタントラーメンをすすっている図なんてのは、テレビのCMにしてもいただけない。お互い生きがいも消えうせて、早死にするのがオチである。おばあちゃんの手料理がデパートのおせち料理では孫にも見放され、やがては猫にまで軽蔑されるのが当然である。

せめて女房となったからには、フランス料理だ、懐石料理だといきなり張り切らずに、まず、おいしいおにぎりを結べるくらいの努力から始めたい。おかかをまぶした三角おにぎりや、柴づけのショウガだけをみじんに刻み込んだおにぎりや、サッと火にあぶってもみほぐした若芽のおにぎりや、そして、梅干しとおかかを練り上げて中身に入れたり、練りウニにゴマ塩のおにぎり、昔ながらにしょうゆを塗って焼き上げたこうばしいおにぎりなど……。ご飯という材料が淡泊なだけにセンス一つで何十種類もの楽しいおにぎりができるだろう。

「うちの女房の握り飯は最高で」

「私のママのおむすび、断然イケちゃうの」

夫や子どもが友達に吹聴しても、恥になるどころか、女性としてのカブが上がることゼッタイである。いや、そんなことより、近き将来、どでかい地震が来るとはもっぱらのちまたのうわさである。いざ鎌倉というときに、おにぎり一つ結べず、電気釜を背負って逃げ出したなんていうのは、それこそ女一生の恥になる。東京じゅうが、もし地震でひっくり返ったら、もちろん電気がないからスイッチポンてわけにはゆかない。たとえご飯がたけたとしても、電気釜に顔を突っ込んで鼻の頭に飯粒をつけながらモグモグやるわけにもゆかないのである。

「備えあればうれいなし」とは、戦争中のイヤな言葉であったが、真理である。

私は最後に、おにぎりランチ愛用者の若い少女たちに言った。

「あなたがたね、おにぎりだけは自分で結ぶおけいこしなさい。おにぎりってのはね、なんてったってかんてったたってありがたい食べ物なんだから」

彼女たちは、ますますヘンなことを言うオバハンだ、と思ったのだろう、一瞬ポカンとしていたが、やがて「ククク」と笑い出し、「ハーイ、わかりました」と、明るい返事を残して、それぞれの職場に戻っていった。

(『ミセス』1971年8月)

心にしみ通る人間の偉大さ　（49歳）

「俑《よう》」と呼ばれる一群の陶製の人形は、生前、死者の周囲に働いた人々の姿をうつして主人の亡《なき》骸《がら》とともに墓に埋葬されたものだというが、その美しさは、やさしい心根と相まって私をとらえてはなさなかった。人形の中には武人や狩猟の男たちの乗馬姿も多いが、それらはすべて「おごそか」ではあっても、武張ったおそろしさはまったくない。ということは、目的が「死者の霊をなぐさめるためのもの」だからなのか？　それともそれをつくった人々のやさしい心のあらわれなのだろうか？　……そんなことを考えながら、ふと周囲を見まわした私は「あー」と思った。

会場には、明治、大正、昭和、と三代にわたる老若男女が満ちあふれ、みな同一に首を伸ばし、全身を目にして、人々の頭越しに、ひとつひとつの文物に見入っていた。

おじいさんの目は、「やっぱり、そうか」とうなずき、お母さんの目は「あら、日本と同じだわ」とつぶやき、学生の目は新鮮な驚きに光り輝いていて、それぞれの人が、中国の歴史文物を通して、それぞれの思いの中で、「中国こそ私たちの師なのだ」という共通の一点をさがしあて、かみしめることに夢中のようであった。

世代の断絶など、みじんも感じられない会場のふん囲気に、私はちょっとの間呆然《ぼうぜん》としたが、やがて、なんとも言えぬ「感動」がジワジワとこみあげてくるのをおぼえた。

ともあれ、近代文明を誇る現代に生きる私たちの目の前に、海を渡って忽然《こつぜん》と現れた「中国出土文物」のかずかずは、言葉では尽くせぬほどに人間の偉大さを示してゆるぎもない。それらに一種の「おそれ」を感じるのは、私のような大正人間だけなのだろうか？

（『朝日新聞』1973年7月18日）

私と銀座

（51歳）

私が「銀座」をブラつきはじめたのは、いまから四十五年ほど前、昭和五年、私が五歳のころだった。といっても、なにしろ五歳の子供だから、一人で「銀ブラ」をしに出かけて行ったわけではない。

当時、私は松竹映画の子役をしていた。特別に愛想のよい子供でもなかったはずだが、なぜか囲りの大人たちに「坊や坊や」と可愛がられて、というのは、当時は女の子より男の子の役が多かったので、坊ちゃん刈りというヘヤスタイルに長ズボンのセーラーなどを着て、つまり「男装の女の子」というわけであった。毎夕のように、撮影が終ると、私はつきそいの母と別れ、大人の誰れかに連れられて銀座へ行った。そのころのいちばんの楽しみは、新橋のたもとにあった和菓子屋で、そこに「ガラガラ」という玩具があり、それを買って貰うのがなにより嬉しかった。ガラガラは、いまの最中《もなか》の皮のようなものでできた丸い玉の中に小さな玩具が仕込んであって、玉を割る前に振るとガラガラッと音のするところから、「ガラガラ」という名前がついたのではないかと思う。野球のボールほどの大きさの玉で、五色五個が紫色の網の袋に入っていたのまでハッキリとおぼえている。

玩具を買ってもらったら、つぎはたいてい「モナミ」という西洋料理店へ行った。千疋屋の並びで落着いた雰囲気のレストランであった。そこで何を食べたかは忘れてしまったが、今でも忘れられないのはデザートのV字型のコップに入ったアイスクリームパフエで、私はそのコップを抱えるようにして、ペロリペロリと長時間、その甘さを楽しんだものだった。満腹になって行き着くところはたいてい「カフエ・クロネコ」とか「ライオン」で、カフエといってもビヤホールや酒場《バア》であり、子供の私が入ってゆくと、髪をハイカラに結い、白いエプロンを掛けたきれいな女給さんたちがワッと集ってきて御機嫌をとってくれる。いま考えると、どうやら私はスポンサーの男性たちの格好なアクセサリーであったらしい。

昭和九年には、いまは亡き「東海林太郎」の「赤城の子守唄」がヒットをし、日比谷公会堂で、東海林さんが浅太郎の扮装をし、私が勘太郎になって東海林さんの背中におぶさって出演した。それを機に、東海林さんをお父さんと呼ぶくらい可愛がられ、銀座へ行くときも必ず連れていってもらった。東海林さんは、グリーンが好きだったらしく、私も頭から足のさきまでグリーン一色で飾られた。彼の靴はいつも「ワシントン」の特別注文で、私も彼とおそろいに、グリーンの皮と蛇皮のコンビネーションの、最高にモダンでぜいたくな靴を誂《あつら》えてもらったことがある。そして、輸入食品店の「亀屋」。これもハクライ洋品店の「サエグサ」。「資生堂パーラー」「千疋屋」……。私は子供のころから多勢のスポンサーのおかげで、眼と口だけは一人前に肥えてしまったようである。

「昔恋しい　銀座の柳
仇な年増を　誰が知ろ
ジャズで踊ってリキュールで更けて
明けりゃダンサーの　涙雨」

西条八十作詞
中山晋平作曲

その「銀座の柳」が姿を消したのは、第二次世界大戦も末期の頃で、銀座は昭和十九年の空襲に依って一面の焼野原となった。敗戦後、銀座の大通りを走っているのはアメリカ進駐軍のジープばかりで、わずかに焼け残った尾張町四丁目、服部時計店のある交叉点にはアメリカのＭＰが交通整理に立ち、その美しくスマートな手さばきに、道ゆく人々は思わず立ちどまって見とれたものだった。

戦時中は停滞していた映画界もにわかに活気づいてそのころは二十歳の娘であった私も目がまわるほど忙しくなった。モンペやズボンをかなぐり捨て、急ごしらえのスカートやヴラウスの衣裳を着て、「銀座カンカン娘」という映画に出演して歌もうたった。

「あの娘可愛いや　カンカン娘
赤いヴラウス　サンダルはいて

誰を待つやら　銀座の街角
時計眺めて　ソワソワニヤニヤ
これが　銀座のカンカン娘」

銀座のカンカン娘とは、いったいどういう意味なのか？　そのころは「歌手」でもあった私は作詞者の佐伯孝夫氏に質問したのだが、確固たるお返事はなく、私は困惑した。「流行歌にいちいち理由をつける必要などない」ことさえ若い私にはわからなかったのである。

この三、四年で、銀座の大通りはまたまた大きく変貌した。一言で言えば、昔はとりすましたエリートの街であったのが、いまはヤングのための街になったといおうか。日曜日は「歩行者天国」とやらでいっそう賑わい、私のように昔の銀座を知る者には「楽しさ」を通り越してただ騒々しく目まぐるしい。

しかし、昔の銀座も現在の銀座も、ともに私たち日本人の愛する街である。銀座の大通りは、良くても悪くても、その時代を反映する「東京の顔」なのだと私は思っている。

（『Ｔｈｅ東京』読売新聞社、１９７５年４月）

私とタバコ

ホンモノ

私がはじめて「女の一生もの」を演じたのは二十二歳のときだった。純真な乙女の身にふりかかる幾星霜にわたる波乱万丈のものがたり、というお定まりのストーリーで、脚本にはタバコを吸う場面が二ヵ所あった。けれど、私はそれまで一度もタバコを吸ったことがない。タバコというものは吸うマネだけでは絶対にゴマ化しがつかないものである。

映画演技は「もっとも本当らしいウソ」だが、本当らしくみせるためにはやはり本当に近づかなければ観客の眼をゴマ化すことはできない。

私は、タバコにあたって目をまわしたときの用心に、座布団を山積みにして背中をもたせかけ、煙にむせかえり、涙を流しながらタバコを吸う練習をした。誰にも心あたりがあるように、素人(?)がタバコを吸うとやたらと自分の指先きにあるタバコを意識してしまうのである。私は目玉をグルグル動かして煙の行方を追っている自分に気がつくと「マダマダ」と、自分を叱りつけて宙に目を据えた。

特訓の甲斐あってか、映画の場面ではなんとかボロを出さずにタバコをふかすことができたけれど、アッと気がついたときにはすっかりタバコのトリコになっていたらしい。

以来、私は一日としてタバコを手離したことがなく、現在では日に五、六十本のタバコをせっせと煙にする作業でほかのことをするヒマもないほどいそがしい。仕事がいそがしければいそがしいほどタバコの本数も増えるようで、その内に私は煙にいぶされてクンセイ女になってしまうかもしれない。

商売の演技のほうは四十余年かかってもまだホンモノにはなれないけれど、私とタバコのつきあいばかりは、どうやらホンモノになった、と、煙草臭いタメ息を吐いている。

マッチのラベル

今から十年ほど前、中国の北京を訪ねた時、ホテルのボーイに心づけを上げたことがある。心のこもったサーヴィスに対して、感謝のしるしにチップか品物を贈るのは世の常識、特に珍しいことではない、と笑われるかもしれないが、それがなかなか難しかった。かの地では、ホテルのボーイも各自、人民ナントカカントカという肩書きの持ち主だ。私の係りのボーイは「私は遠来の客のために誠意を尽したにすぎない。当然の奉仕に対して個人的な謝礼を受けるのは心外である」と言い張った。そっちがその気ならこっちだって一旦出した品物をイジでもひっこめられるものか……長い押し問答の末、彼は「では、ボーイ一同で会議を開く」と言って立去った。やがて彼は二人の仲間と一緒に現われた。

「このホテルのボーイ十七名全員に平等に頂けるならありがたく好意を受けましょう。けれどもそれでは貴女の負担があまりにも大きすぎます。私たちは貴女の気持ちだけを嬉しく頂きましょう」彼らの表情は柔らかかった。私は十七人に「記念品」と書いた小さな包みを進呈した。

記念品さわぎが納まったころ、迎えの車が来た。スーツケースを手に部屋を出た私の眼の前に、係りのボーイが立っていた。彼の差し出した掌に、いろいろな図案のマッチラベルが五、六枚乗っていた。マッチ一個でもおいそれと手に入らない当時の中国で、彼が折角集めたマッチのラベルを「記念《チーネン》」に呉れるというのである。私は素直に彼の好意を受けることにした。「ホントはね、個人的な好意はお受けできないんだけど」と、私は言いたかったが、既に玄関に降りたのか通訳さんの姿はなかった。

ところ変れば品変るというけれど、人間の心のニュアンスは万国共通のようである。

口実

三つ子の魂なんとやら、というけれど、幼ないころ大型料理用マッチをいたずらして大火傷をして以来、私はいまだにマッチをするのが恐い。タバコの火をつけるには、ライターが便利とかマッチが美味いとか炭火が最高とか、いろいろいうけれど、私は専らライターのお世話になっている。愛煙家にとって、ライター、シガレットケースなどの喫煙具は格別のアクセサリーでもある。二十歳の頃はじめて買ったライターは銀製のダンヒルで、その高価なことに目をムイタ思い出がある。が、高くても良い物は良いのだからしかたがない。私はそれ以来、私自身のなにかの記念に、例えば苦労の多い映画が完成したときか演技賞を受けたときとかに高価なケースやライターを一個フンパツすることにした。自分自身への特別ボーナスというところだろうか。はじめは銀色にのみ心を奪われていたが、最近はトシのせいか金色にも手をのばしはじめ、その他の色やデザインも高くなったので経済的にもなかなか忙しくなった。

喫煙具を集めはじめて三十余年……私の鏡台のひき出しには半分こわれたライターやら口がバカになったシガレットケースやらが溜りに溜って収拾がつかなくなった。整理魔の私はこれらを一斉に処分したくてウズウズしているが、考えてみるとどの一つにもそれぞれに思い出があるのでふんぎりがつかない。いっそタバコを吸うのをやめてしまえばスッキリするか、とも考えるけれど、それでは現役の喫煙具諸氏が職を失うことになって可哀想である、というわけで、私はタバコをやめることができない。

つまり私は「口実というものは、どのようにもつけられるものである」ということを言いたかったようである。

スイスの税関吏

私がはじめてパリへ行ったのは、いまから二昔もっと以前だった。現在のパリには約二千人の日本人が常住しているけれど、当時のパリには画家の荻須高徳さん、彫刻家の高田博厚さんなど、日本人はたった六人しか住んでいなかった。忙しい女優生活から逃げ出した私はしぼんだ風船のようにフラリフラリとパリの街をさまよっていた。そろそろ財布が底をつき、日本へ帰る日が近づいて、私は友人のマドモワゼルと二人でスイスへ小旅行に出た。ジュネーヴ駅の売店には世界中のタバコを売っていた。大きな壁面一杯に各国のタバコが並んだサマはまさに壮観である。

なるべく軽く、なるべく安価な日本へのお土産えらびに悩んでいた私は思わずニンマリした。旅行者一人の紙巻きタバコの制限は二百本。私たちはこっそり四十個のタバコを買ってコートの下にしのばせた。税関の前でスーツケースを開けたとたんに「タバコは?」と質問されて、友人は大声で「メイ、ノン!」と叫んだ。ビックリした私のコートのすそからバラバラとタバコが転げ落ち、それを見て驚いた友人のコートのすそからもバラバラッとタバコが落ちて、四十個のタバコが床の上に散乱した。真赤になってタバコを拾い集めている私たちを見た税関吏たちは顔を見合せて笑い出した。一人のデブの税関吏が一緒になってタバコを拾ってくれながら言った。「オヤオヤ、一個ずつ違ってキレイダね、早く行かないと汽車に乗り遅れるよ、東洋のお嬢さん」。

東洋人はとかく齢よりも若く見られるらしい。当時二十五歳だった私も、さしづめキレイなオモチャかチョコレートでも買った娘ッ子にみられたのかもしれない。

それにしてもシャレた税関吏だった。

（出典不明　1975年頃）

ダンナの骨壺

（54歳）

朱塗りは使い込むほどいい色になるし、蓋の貝は「桜散る」の意味ね。居心地良さそうじゃない。

「骨入れを」と注文したら、木工芸の人間国宝、黒田辰秋さん「期日は？」だって。これにはまいった。二年がかりでやっと出来たけど。ン十万円ってとこね。

李朝の陶器の壺もあるけど、善三さん低血圧だからね、冷たがると思うの。

仏壇はないし、墓石に水ぶっかける趣味はないから、テレビの上にでも置いて毎日なでてようかと思ってるの。善三さんと、どっちが先に逝っても一諸にいたいわけよ。エヘヘ。それまでは、砂糖壺にでもしておくか。

（『週刊朝日』１９７９年２月２日）

＊1980年代（56歳）

私の食堂――キャンテイのイタリア料理

人間の嗜好ほどアテにならぬものはない。健康のよしあし、入れ歯の出来工合、寄る年波によってても嗜好は目まぐるしく変わってくる。

私は小さいころから、うどん、蕎麦、スパゲティなどの細長い形をした喰べものが苦手だった。いくら噛んで呑みこんでも、ニョロニョロした細長いものがおなかの中にトグロを巻いて納まるような気がして、気味が悪かったのである。その私がスパゲティを好きになったのは、「そこに、キャンテイがあったから」である。

蕎麦もスパゲティも、美味しさは茹でかたひとつで決まってしまう。日本国のスパゲティ料理はたいてい腰のぬけたうどんの如くベトベトで、フォークに巻きつけようとすると、千切れてブラ下がったりしてみっともないし、口に入れればグチャリとして歯ごたえがなく不味い。スパゲティの茹でかげんは、スパゲティの切れはしを壁に向かって投げつけるとピッ！　と壁に貼り着く程度、テーブルに落とせばピョン！　と飛び上がる程度、というけれど、キャンテイのスパゲティ料理は固さもソースの味も、いつも安定していて美味しく、私はいつの間にかキャンテイのおかげでスパゲティファンになってしまった。もちろん今はトグロもへったくれもなく、キャンテイへゆけば必ずスパゲティを喰べてしまう。

私の好きなのはバジリコかクリームあえ。クリームといえば、キャンテイの仔牛のクリーム煮も私の好物のひとつである。仔牛のクリーム煮は他の店でもずいぶん試したけれど、たいていは仔牛の肉そのものがパサついていたりして工合が悪い。シェフの森岡さんの品選びの目が確かなのか、料理のコツがあるのか知らないが、キャンテイの仔牛のクリーム煮に失望したことは一度もないのだから大したものである。

もう三十年来も住んでいる私の家から、歩いて五分ばかりのところにキャンテイがある。いくら近いからといって、人間の舌は現金だから、ギリや酔狂でレストラン通いはできない。私の舌もかなり現金らしく、以前はせっせと通いつめ、やがて浮気心をおこして他のイタリー料理店をさまよい歩いたあげく、結局はまたキャンテイへ戻って来てしまった。私はキャンテイを「私の食堂」と呼んで、三日にあげず、といった感じでキャンテイ通いをしている。

いつもおだやかな店の雰囲気。いつも安定した料理の味。このふたつは、私のような喰いしんぼうの客にとってなによりの、「よいレストラン」の条件なのである。

(森岡輝成『キャンテイのイタリア料理』主婦の友社、1980年4月)

巨大な鉛筆――ハワイ暮らし 1　（56歳）

この鉛筆は、ものも食べれば文句もいう。ただ、「次ぎの口述、ハワイでやるか？」といわれると、スーツケースに筆記用具一式詰めこんで、イソイソと夫のあとに従う。なにしろ、ハワイに惚れていて、何度でも行きたいのだから仕方がない。

月日の経つのは早いもので、私たちが結婚してから、昨年で二十五年の銀婚式を迎えた。結婚後一年経った時、夫・ドッコイが腎臓結核を患い、医師に座業を禁じられて、以来、私が口述筆記を引き受けるようになった。私たち夫婦は、一般の夫婦よりは一緒に居る時間が多く、旅行もほとんど一緒だが、これは特に夫婦仲が良いというわけではなくて、夫が私を連れ歩くのは、つまり筆記のための巨大な鉛筆をたずさえている、ことに他ならない。ただしこの鉛筆、ものも食べれば文句も言うから、ただおとなしくコキ使われてばかりはいない。ときには「美味いもン喰わせろ」と居直ったり、「口述筆記料よこせ」とイビったりするが、「次ぎの口述、ハワイでやるか？」と言われるとイチコロで、スーツケースに鉛筆と鉛筆けずり、辞書などを入れてイソイソと夫のあとに従う。なんというココロザシ低き女か、と情ないけれど、私はハワイに惚れていて何度でも行きたいのだからしかたがない。しかし、どんなに素敵なハワイでも、一ヵ月の長逗留ともなるとホテル住いはゆきづまってくる。というよりも、浮かれっ放しのワイキキばなれがはじまる、ということかもしれない。

だから、夫が「こんなにチョイチョイとハワイへ来るなら、いっそアパートでも借りようか」と言ったときには思わず「バンザーイ」と叫んで、双手を挙げて賛成した。ショッピング・センターにもビーチにも近いアパートの2DK角部屋を見つけ、備えつけのソファを貼りかえ、カーテンやカーペットを新調し、こまごまとした日用品を買いととのえて、「やれ、やれ」と一息ついたら、どうも様子がおかしい。めったやたらと主婦（つまり私）の仕事が増えてくたびれちまったのである。ホテル住いなら口述筆記さえしていればよかったけれど、いくら小さいとはいえ一軒の住居となると掃除、アイロンかけ、シーツやタオルの交換からゴミ捨て、かてて加えて「食事の支度」という最も時間のかかる仕事がドカン！と増えてしまったからだ。どうやら夫・ドッコイは、「ハワイくんだりまで通うなら、口述筆記のついでに料理もさせよう」というコンタンでアパートを借りる気になったらしいのである。これだから男は、信ずる夫といえども油断がならない。「ひっかかった！」と思ったときは時既に遅かった。根が美味いもン好きの私である。レストランでステーキの焼きかたに失望すると、次ぎの日はマーケットの肉売場をウロついて肉をえらび、自分でステーキを焼いてみなければ気がすまず、レストランや市販のサラダドレッシングが、もうひとつ気に入らないと、自分でチョコチョコと作るようになる。マーケットには世界中で一番美味しいのではないかと思われる「マノアレタス」という私の好物がある。文字通り、以前はマノアで作られていたというレタスだが、肉が厚くてやわらかく、水分が多くて、サクサクとした歯ざわりが何ともいえず、私のためしたレタスの中では図ぬけて美味しい。葉がモロイのと値が張るので、レストランのサラダには使われないのが残念だ。クレソンもまた美味しい。日本の黒っぽく固いクレソンとはちがって、ハワイのクレソンは長さは三〇センチもあって、色は鮮やかなグリーンでやわらかい。サラダの他に、おひたし、胡麻あえ、味噌汁の実、と、なんでもいける。ハワイの豆腐もまた、プンと大豆の匂いがして、これぞ豆腐という本来の味がする。量は日本国の豆腐の二つ分くらいあって値段は九八セントである。ちょっと変わった材料が欲しいときにはダウンタウンの市場へ行く。下町には中国人や朝鮮人が住んでいるので、マーケットには豚の臓物や足、魚のアラ、中国野菜、キムチ、ラッキョウもあり、ミョウガ、枝豆、紫蘇《しそ》の葉まで手に入るのが嬉しい。

魚が欲しいときは、タクシーを奮発して「玉城マーケット」まで出かけて行く。玉城さんは沖縄の人で、以前からの顔なじみである。「アヒ」と呼ばれるマグロとか「アク」と呼ばれるカツオ。鯛、鰺、カニ、エビ、オピヒという貝。その他、名も知らぬ赤や青の熱帯魚がワンサと並んでいる。ハワイには「オナガ」と呼ばれる、鯛とすずきの合いの子のような、ピンク色の美しくて美味しい魚がある。魚に目のない夫・ドッコイの大好物なので、オン自ら出刃包丁をふるってオナガを下ろし、刺身用とチリ用に区分けをする。カニはなんといっても「コナ・クラブ」という、コナの深海で獲れる直径二〇センチほどもある「巨大なシラミ」といったスタイルのカニで、甘い身がたっぷりつまった素敵な奴だ。夫はコナ・クラブにも目がないから、食べたい一心で出刃でぶっ叩いてチリ用に料理をするのだが、台所中にカラが飛び散るから、真白でピカピカの私の台所はもう惨憺たる有様になり、あとを掃除するのはこれまた老妻の役目である。東京の家では、私は献立てを指示するだけで、二人のお手伝いさんがなにもかもやってくれ、あげ膳、すえ膳で優雅な生活をしているというのに、なんで、このトシになって、ハワイくんだりまで来て台所を這いまわり、おさんどんに明け暮れなければならないのか？　と、モヤシのヒゲなどむしりながら横目で夫を窺えば、向うもチラとこっちを横目で窺って「ボク、ハラヘッタ！」などとホザいている。夫がこのアパートでしてくれることは、シーツやタオルを洗濯機に投げ入れて洗剤をザザザと注ぎ、バチン！とスイッチを入れること（こんなことアホでも出来る）。気が向くと突然、電気掃除器をひっぱり出してガーガーやってくれること位である。まあ、いいでしょう、いいでしょう。シッチャカメッチャカに忙しい東京の生活から逃れて、せめてハワイへ来たときくらいは、グチを言わず、人並みに、寸暇を割いて星などを眺め、月など愛でて、波の音を聞き、たまには優雅に昼寝など、と、フカフカのカーペットにひっくり返ったとたん、鼻のさきにヤモリの干物が転がっていたりするのでギョッとなる。わがアパートは三十三階建ての四階にある。三階がプールになっていて、プールの囲りは美しい芝生だし、植木もたくさんあるから、ラナイに立つと、プールつきのわが家の庭を見下すといった案配で実に気分がいい。その代り、「ケケケ」というヤモリの鳴き声が頻繁で、彼らは「こんにちは」とも言わずに室内へ侵入して来る。夜中に台所を覗くと、真白い壁にヤモリがペッタリと貼りついていたりするけれど、十年経った今ではヤモリにも馴れて、いちいち腰をぬかすのが面倒になった。東京へ帰るときは食べものの整理をし、きちんと掃除をしてしまうから、多分、ヤモリ君は食料を求めて家中をさまよい歩いた末、哀れ干物となってカーペットの上で大往生ということになるのだろう。お気の毒だけれど、自業自得だから仕方がない。

ハワイには、ずいぶんと大勢の日本人が家やアパートを持っているらしいが、清潔高邁、底抜けに人の好い、作家「阿川弘之先生」もまた、「ハワイの爽やかな風と、美味しい空気」に魅せられて、ハワイ通いに余念のないお一人である。ご家族同伴でないときもあるので、食事にゆきづまると「松山食堂」へお越しになる。阿川先生は、なぜか私を「ヒデコサン」ではなく「ヒミコサン」と呼ぶ。「あんた、京都あたりの小料理屋に頑張っているガンコな女将《オカミ》さんみたいだもの」というのが、その理由らしいが、古代三世紀邪馬台国の女王「卑弥呼」と、小料理屋のガンコ女将が、どこでどうつながるのか、私にはもうひとつ納得がいかないのだけれど、とにかく、何を作ってもペロリペロリペロと平らげてくださるので、コックはたいへん作り甲斐がある。アパートのドアのところで、ハワイ式にゴム草履を脱ぎ、なぜか勝手に、うちの夫・ドッコイの坐る椅子にドッカと腰を下ろし、さんざ飲んで食べて、フラダンスを踊ったあげく、ソファに転げ込んで十五分がところ高鼾。とおもうとヒョイと起きあがって「ヒミコサン、お汁粉ある？ それとコーヒー」なんて叫ぶのだから、相当な食欲の持ち主である。いつぞや夫人とご一緒のとき、「僕ン家《チ》のコロッケは美味いから食べに来なさい」と誘ってくださったので、たまたまホノルル滞在中の加藤秀俊氏、畑中幸子女史と押しかけたら、阿川夫人も私同様に、一人っきりで台所で大奮闘をしてらした。食卓についたら、まず「卵焼き」が現れた。と思ったらカマボコとでっかいローストビーフの塊が出現し、阿川先生が自らあやしげな手つきで肉を切り分けているところへ、待望のコロッケが、シズシズドンドンと現われた。なんとも理解に苦しむようなメニュウだったが、このコロッケの形がまたユニークで、同じ大きさのコロッケはひとつも無く、大、中、小、と不揃いで、最後に揚がってきたコロッケなんか、言問団子の如くまン丸で愛らしく、私は思わず笑い出してしまった。わざわざコロッケの寸法？　を変えたのか、何かの手ちがいで大小が出来たのか、私には分らないけれど、別に、コロッケのサイズに法律があるわけではないし、大の次ぎは小、それから中、なんて風にコロッケを選べるなんて、風流とは言えないけれど、変化があって、なかなかいいアイディアだと、決してお世辞ではなく私は感心した。コロッケのあとは、ご飯に香の物、味噌汁に和洋のデザートまで用意してあるとかで、さぞや阿川家の家計は嵩むことだろう、と、私は余計な心配をした。つい一昨日も電話のベルが鳴り、「あ、ヒミコサン？　ホノルルのねぇ、ロイヤル・ハワイアンの前に、トーチカみたいな建物が出来たでしょ？あそこにサントリーが店出したの、お寿司が意外といけますよ。それからホラ、例の玉城マーケットへゆく手前を左に曲がると『ユンキー』って中華料理屋が出来て……なに？　あんた十二月はホノルルだって？　ボクもそのころホノルルだから、じゃ一緒にゆこう。ちょっとご報告まで、ハイ、サヨーナラ」と、電話が切れた。東京にいても、阿川先生の心はホンワカとハワイの空を飛んでいるらしい。あれでよく「米内光政」なんてむずかしい本が書けるものだと、私はまたまた感心してしまう。

類は友を呼ぶ、というけれど、食いしんぼうは食いしん坊の情報にこと欠かないことになっているらしく、ホノルルにも何軒かのヒイキの店が出来た。私たち夫婦は、外国へ行ったらその国の料理を食べる、ということを建て前としているので、日本料理店へはまず足を運ばないけれど、別に不自由は感じない。例えば、アパートから歩いて十分くらいのところに、夫のヒイキの「パンケーキ・ハウス」という店がある。パンケーキは日本ではホットケーキと呼ばれていて、女子供が食べるおやつみたいなものだけれど、アメリカのパンケーキは、日本のフカフカとした座布団の如き代物とは違ってジワッと柔かく、なめらかなパンケーキである。メニュウはざっと二十種類ほどもあって、卵を三、四個も使ったオムレツは、チーズ入り、サラミ入り、コンビーフ、ハム、マッシュルーム、と多様で、別皿に四、五枚ほどのパンケーキがついてくる、という仕掛けになっている。客種は女子供ばかりでなく、どちらかというと男性の方が多いくらいで、ランチタイムは行列である。パンケーキは朝と昼の食べものだから二時には閉店になる。

夕食を作るのが面倒なときは、近くのヨットハーバービルにある「ヨットハーバー・レストラン」を愛用している。ここの料理は特に上等ではないけれど、量が少ないところが日本人向きかもしれない。上等好みならば、イリカイホテルの最上階にある「トップ・オブ・イリカイ」か、イリカイホテルの筋向いの「ミシェル」、カハラヒルトンの「マイレ・レストラン」も悪くない。土、日曜日の「マイレ・テラス」のブランチは人気があって、予約が必要である。お値段は十ドルほどで手頃だ。

アメリカ料理というと、すぐ「ステーキ」とくるけれど、私はローストビーフをテイクアウトにしてもらい、翌日薄切りにして辛子醬油で食べたり、サンドイッチにして楽しんでいる。日本からハワイへ行くときに必ず持ってゆくのは「醬油」で、日本からハワイまで船でチャッポンチャッポンとゆられながら運ばれてゆく醬油は色も味も濃くなっていて美味しくない。白木屋やダイエーへ行けば、日本のハンペンから納豆、焼売やギョーザの皮まで売っていて便利だけれど、古くなったり、冷凍して不味くなるものはやはりダメだから、つい、あれもこれもとヒッかついでゆくことになり、ハワイ行きの私のスーツケースの中身はだんだん食料品のセールスマン並みになってきた。

なんだかんだとゴタクを並べながらも、私はハワイのおさんどん生活にも馴れ、「ハワイもモノが高くなったねェ」などと言いながら、プランテーションのオバサンよろしく、日焼けした鼻の頭を光らせて、買い出しや料理に忙しい。住めば都、というけれど、住んでみれば「楽園ハワイ」はそんなにロマンチックなところではない。ハワイはアメリカの一部とはいえ、生活必需品のすべてがアメリカ本土から船で運ばれてくるから、物価はどうしても本土の二、三割がたは高くなる。だからハワイの夫婦のほとんどが共稼ぎで頑張っている。本土のアメリカ人は、リタイアしたら季候のいいハワイで余生を送りたい、というのが生涯の夢らしいけれど、余程の財産でもない限り、悠々自適というわけにはいかないらしい。観光客にしても、景気よくパッパと金を使うのは日本人だけらしく、ワイキキの商店は相変らず日本人で賑わっている。いや、日本人の買いっ振りは殺気立っている、と言ったほうがいいかもしれないほどスゴイ。日本人は遊び下手といわれるけれど、私は、遊びと仕事の区別がつかないのではないか？　と思う。新婚サンは別にしても、ほとんどの日本人観光客は、ワイキキの散歩は強歩に近く、ショッピングはマナジリ決して買い狂い、食事のマナーはメチャメチャで、無遠慮な大声を張りあげるし、ホテルのロビーで車座になって酒盛りをはじめたりする。そのお行儀の悪さについては、恥ずかしながら定評があり、外国人はもちろんのこと、日本ビイキの日系人さえ「日本にはあんな日本人ばかりおるのかのう」と、ビックリしている。ハワイ旅行は日本語が通じるから便利だが、ホテルのボーイや商店の売り子は、日本語ができるとできないではサラリーがぐんと違うのである。最近は、英語しか話せない白人や、日系の若者たちまで日本語を習いはじめているけれど、それは、日本に好意を持っているからではなくて、高い給料を取るための手段なのだ、ということを知ってほしい。香港や台湾もまったく同じである。眼の青い美人に日本語で話しかけられて、法外なチップをはずんだりする日本人観光客は、向うから見れば、「ネギならぬ、札束を背負った、お人好しのカモ」ということかもしれない。

最近のツアーは、盛りだくさんの定食ツアーより、たっぷりの自由時間を組み入れたツアーのほうが多いらしい。自由時間を、どこでどう使おうと、それはカラスの勝手かもしれないけれど、フラダンスやワイキキ見物ばかりでなく、何かひとつだけでも、ハワイの素顔に接してみてもソンはない、と私は思う。それは何か？　と聞かれても、不勉強な私には答えられないけれど、例えば「ビショップ博物館」とか「日本移民資料館」。もっと時間があれば「ポリネシアン・カルチュア・センター」で、楽園ハワイのルーツにチラッとでも触れるのも悪くない。もしそれらに興味がなければ、ただビーチに寝ころがって、ジィーッと水平線を見つめるだけでもいい。見はるかす水平線は、ゆるやかな曲線を描き、地球が丸いのだ、ということを、自分の眼で確めることが出来るだけでも、ハワイ旅行の値うちはあるのだ、と私は信じている。

(『WINDS』日本航空社会文化事業部、1981年1月)

表と裏——ハワイ暮らし 2　（56歳）

二十五セント玉に表と裏があるように、街にも表通りと裏通り、それぞれの表情がある。

私はハワイへ行くたびに、一度はダウン・タウンをぶらついて、ハワイの素顔の中に自分を置いてみたくなる。それが、なぜなのか、私自身にもわからないのだが——。

ホテル住まいが「よそいき」ならば、アパート住まいは「ふだんぎ」である。ヴィラだ、シャトーだ、コーポだ、と名前を変えても、アパートはどこまでいってもアパートメント・ハウス、巨大な長屋にすぎない。私たち夫婦がホノルルの長屋のひとつを借りてから、早いもので十年月日が経つ。私も十歳トシをとったがアパートのほうもいささかガタが来だして、このごろはホノルルへゆく度に、網戸の修理やらカーテンの洗濯やら、と、なにかと手がかかるようになった。といってもダメ女房の私に出来る筈がないから、専門家の手を借りるのだが、これがひどく時間がかかるのである。ホノルルのテンポはノンビリムードで、品物を買えば、配達は「ネクスト・ウィーク」だし、大工さんを頼めば、「時間デキタラ、コッチカラ電話スル」である。

カーテンの洗濯のときなんか、気の短かい私の足が思わずピコピコと貧乏ぶるいをしたものである。わがアパートへ現われた洗濯やさんは背広にネクタイ、皮の書類カバンを小脇に抱えた一見重役風の中国系のオッサンだった。彼は私と握手を交わしたのち、ソロリとカーテンに近づいて、あっちからこっちからと、布地を引っぱっては首をかしげている。洗濯の途中で、もし破けでもしたら、とてつもない弁償金を出さなければならないから、まず、このカーテンが洗濯に耐える代物であるかどうかを念入りにリサーチするというわけなのだろう。つぎにスケールを取り出してカーテンの寸法を計り、いちいちノートに書き入れる。枚数を何度も確認して、これもノートに書き入れてから、ユックリと洗濯代の計算にかかり、その数字を私に示した。目の玉の飛び出るような金額である。

ホノルルはアメリカ本土よりは、二、三割がた物価が高いけれど、大工の手間賃や洗濯代もまためっぽう高く、私はその都度、驚愕の余り卒倒しそうになる。が、汚れたカーテンは洗濯するよりしかたがない。私のOKをとると、彼はいよいよカーテンを外しだしたが、これがまた、まるで名医が患者を取り扱うが如き慎重さである。床に広がったカーテンをソロリソロリとたたみ、廊下においてあった二枚の大きなビニール袋へ、「イチマーイ、ニマーイ」と、番町皿屋敷のお菊の如く数えあげながら、十六枚のカーテンをつめこみ、小さなカートに乗せ終えると、ニッコリと歯をムキ出して「サンキュー・グッバイ」と言って、やっとお帰りになった。その間、三時間はタップリとかかった寸法になる。そしてカーテンの洗濯が仕上るのは二週間後だという。あーぁ。

考えてみると、洗濯屋ばかりでなく、大工も水道屋も錠前屋も、すべての職人は、みかけはジーパンにヒゲモジャだが、いったんアパートの室内に足を踏み入れると、なぜか借りてきた猫みたいにひっそりと鳴りをしずめるところが共通している。彼らは仕事中ほとんど仲間と口をきかない。要領はアパートの外で既に相談ズミなのだろう。とにかく必要限度以上の物音は絶対に立てないのだ。アパートの壁面に大鏡をとりつけたときもそうだった。四人の大男が四メートル四方の大鏡を抱えてスーッと現われ、スーッと鏡を貼って、スーッと消えてしまった。全くの無言の行だった。職人のお喋りは耳ざわりなものだけれど、あまり静かなのもまた不気味なものである。高い請求書にはたぶん、彼らの「だんまり料」も含まれているに違いない。

巨大長屋では階上、階下、両隣りにも人間が住んでいる。騒音をたてればただちに文句が飛んで来るお国柄なので、釘ひとつ打つ音も「トントコ、トン」と遠慮がちで低い。これほどの神経を使ってこそ、はじめてお互いにこころよい生活を送ることが出来るのだろう、と、私は感心してしまった。

しかし、何分にも巨大長屋は大集団の住居である。向う三軒両隣りからの、思わぬハプニングも無いとは言えない。ある日の午後、口述筆記に疲れた我等夫婦は、床にひっくりかえって午睡をしていた。なにやら「シトシト」という音が通りすぎた……。と思ったら、それが次第に「ベショベショ」という音に変ってくる。「雨かな?」。眼をさました私はリビングルームとベッドルームの境の廊下の天井を見上げて仰天した。天井から、子供のオシッコほどの水條が五、六本落下している。じゅうたんはもはや水を含んでふくれ上がり、ベッドルーム近くまで水びたしである。わが家の上にはまだ二十九階もあることだから雨漏りではないけれど、いったいぜんたいこの水はなにごとぞ。夫・ドッコイを叩き起こした私は、とっさに台所へスッ飛んで大鍋を二個抱えてきて落下する水を受けた。夫は、と見れば、なぜか口の小さいガラスの花瓶を持ってウロウロしている。寝呆けた、というよりも、ものごとに対しての男と女の発想のちがいとはこういうものか、と私は可笑しかった。水は依然としてバシャバシャと流れ落ちて来る。私は廊下へ飛び出してエレベーターに乗り、アパートのロビーにあるガードマンの小窓を叩いた。ブルーの制服のガードマンが顔を出したが、英語に弱い私はあわてているので言葉が出ない。イヤ、出ないのではなくて、英語で説明ができないだけなのだ。私はガードマンを手招きすると、やにわにその腕をつかんで階上を指さし、彼をエレベーターに押し込んだ。わが部屋の天井を見上げたガードマンはさすがにビックリして、「オー、ノウ、アイシー、OK」と、分ったような分らないような言葉を発して廊下へ飛び出して行った。夫はありったけのバスタオルを動員して床を這いづりまわって大奮闘である。

十分も経ったころ、ドアにノックの音が聞こえた。廊下に、金髪、青目玉のアメリカ人が突っ立っていて、「ハロウ!」と言った。右手には何やら長い蛇腹のついた管を持ち、その管は彼の足もとにある北海道のダルマストーブの如き物につながっている。青目玉はダルマストーブを引きずって部屋へ入って来ながら、「私はお宅の上の部屋の住人です。女房が洗濯機の水を止めるのを忘れて外出したようで……へへへ」と笑った。青目玉は天井をにらみ、ダルマストーブのスイッチを入れた。ブルルルとモーターがまわりはじめ、青目玉は蛇腹の先をじゅうたんに押しつけて、ジュー、ジューと水を吸い取り出した。妙な機械が、この世にはあるものだねぇ。何がへへへか知らないけれど、とにかく、アメリカではオクサマの尻ぬぐいはテイシュがやるものらしい、ということだけはシカと分った。

台なしになったじゅうたんの洗濯と天井の塗りかえは保険で修理された。保険といえば、海に向った大ガラス戸にもなぜか保険がかかっている。外から何物か飛んできてガラスが割れる、というよりも、中から人間がぶつかって、ガラスが割れることのほうが多いらしい。とすると、保険はガラスにかけるのか、人間にかけるのか？　私には、どうもそこのところがもうひとつよく呑みこめない。

アパートの真ん前のバス停から、バスに乗れば十五分ほどでワイキキへ着く。以前は二十五セント玉ひとつでオアフ島のどこへでも行かれたが、いまは五十セントになった。バスは州が経営しているので特に名前はなく、バスの胴体に「ＴＨＥ・ＢＵＳ」と大書されているのがなんとなくユーモラスである。

二十五セント玉に表と裏があるように、街にも表通りと裏通りがある。ホノルルの代表的な表通りといえば、やはりワイキキの「カラカウア・アベニュー」だろう。ゆったりとのびた大通りの両側には観光客のための商店が軒を並べ、ハワイ名物のアロハシャツやムームーの強烈な色彩が人目を引いている。アロハやムームーのルーツをたどれば、十九世紀の昔にさかのぼらなければならない。当時、アメリカからハワイへやって来た宣教師たちは、裸で暮らす現住民を見て仰天し、キリスト教の伝道より先に、まず彼や彼女に「衣類」を着せることで必死に努力をした。けれど、当時はなにしろみんながみんな裸なのだから、衣服を作るための布地などありはしない。

宣教師とその奥さんたちはカーテンやシーツを裁ち合わせて、なんとか衣類らしきものを作って原住民（ハワイアン）に与えた、という。のちに、日本からの移民が到着したが、一日中炎天下で、はげしい仕事をするためには、モモヒキばきの尻はしょりや日本髪に下駄ばきでは不便でサトウキビ畑に入ることも出来ず、彼らは日本から持って来た布団や家具を包んであった大風呂敷で、シャツやズボンを縫って労働着を作ったという。強烈な太陽の国ハワイには、ハッキリとした大まかな図柄がよく似合い、現在のアロハやムームーには、当時の名残りのデザインが残っているのだとも言う。胸の部分にアブチャンのようなレースをつけたり、ロングドレスのすそにヒラヒラをつけたものは、多分、当時の宣教師の奥さんが着ていたデザインを真似したものなのだろう。袖口やすそ幅のゆったりしたムームーは、年中南国のハワイの季候には風通しがよくてバツグンである。観光客でアロハシャツやムームーも買わない人はまず居ないだろうと思うほど、ワイキキにはアロハやムームー姿が氾濫している。アロハやムームーは、体格も歩きかたも貧相な日本人にはどうしても似合ってくれないが、白髪頭のアメリカ人の老夫婦がトテツもなくハデな図柄のおそろいのアロハとムームーを着て、手を握りあいながら散歩をしている風景は、実に無邪気でほほえましい。

ポリネシアの言葉で、誰もが知っている言葉といえば、断然「アロハ」だろう。「アロハ」とはいったいどんな意味なのか？　と考えてみても、実にあいまいで、私にはいまだにハッキリとつかめない。「アロハ」は、「今日は」でもあり「さよなら」でもあり、「じゃあね」でもあり、「どうもどうも」でもあり、極端に言えば冠婚葬祭もすべて「アロハ！」の一言で用が足りるのだから実に便利な言葉だと思う。最近の日本ではボキャブラリーの不足人間が増えているせいか、どんな場合でも「どうもどうも」ですませてしまう人が多いから、「アロハ」はやはり「ドーモ」と親戚だと思っていいのかもしれない。

ハワイ州は点在する八島を合わせても日本の四国ほどの面積しかない小さな島だ。日本を「海国」などというけれど、どこへ行ってもつい眼の前に大海原が広がっているハワイこそ、海国の名にふさわしいのではないか？　と私は思っている。土地の人々も観光客も、男性はほとんど半裸体にゴムぞうりか、はだしでワイキキを散歩したり、マクドナルドでハンバーガーにかぶりついたりしているが、この「はだしで街を歩ける」ということも、ハワイの大きな魅力なのではないだろうか？　とくに外でも家でも一日中靴を履いて暮らしている大都会から来た外国人は、例外なくはだしを楽しんでいるらしい。サンダルを手にブラ下げて、はだしで歩いている女性もいる。私ははだしで歩いたことはないけれど、一ヵ月もホノルルで暮らしていて、いざ日本国へ帰ろうとして靴を履こうとしても足がふくらんでしまって入らない。アパート内は素足、外出はサンダル履きなので、足が八方に広がってしまうらしい。というより、自分本来の足に戻ってしまうのだろう。日頃、足が靴という代物によって如何に拘束されているか、と考えると、わが足ながら気の毒になってくる。

ワイキキビーチもまた、裸とはだしの氾濫で、一年中、魚河岸よろしく観光客たちがゴロゴロと寝そべって、親のカタキみたいに肌を焼いている。ワイキキのビーチのほとんどは人工ビーチである。砂はせっせと何処からか運ばれて常に補充され、夜中に砂ふるい自動車のようなものが出動してゴミを取りのぞくから、日本国の海水浴場のように汚れっ放しではない。アメリカは道路の穴につまづいて足をくじいても、国を訴えるお国柄だから、ビーチでガラスを踏んで怪我でもすれば、ビーチを所有するホテルが責任をとるのだそうだ。各ビーチには見張り台があって、一見、高見山風のハワイアン男性がノンビリと見張りをしている。ビーチの見張り番と、ハワイ名物の生花のレイ作りは、州に決められた「ハワイアン保護」の仕事だそうである。

常夏の国ハワイにも、やはり微妙に季節があって、十一月から三月末までは比較的、花が少ない。したがってこの間にはレイの値段がぐんと高くなる。レイになる花は、プルメリア、ヴァンダ、ジャスミン、ピカケ、カーネーションなどだが、春ともなれば街中にハイビスカス、ジンジャー、フェニックス、ブーゲンビリア、カンナ、アンセリュウム、それに大木のピンクシャワー、ゴールデンシャワー、レインボーシャワーなどが、文字通り七色の色彩をまき散らす。花好きの私にとって、ハワイの春はまさに眼の極楽である。

ワイキキ通りには商店と共に飲食店がズラリと並んでいる。もちろん「日本料理店」も多いが、最近はチビチビとした「うどん屋」「おにぎり屋」の類いが増えて、日本人観光客は例外なくお世話になっているらしい。ハワイには「サイミン（細麵のなまりだという）」という、そばとラーメンの合いの子のような食べ物がある。ラーメンのスープは豚や牛の骨を煮出した濃厚な味だが、サイミンのスープは海産物仕立ての塩味でサッパリしていて、どういうわけか昔懐しい赤い筋の入った「ナルト」の輪切りと錦糸卵、アサツキのみじん切りがパラパラと入っている。いずれ、日系移民と中国系移民の合作だろうけれど、ワイキキのコーヒー・ショップのメニュウにも

「SAIMIN」と印刷されているから、いまではハワイに定着しているスナックのひとつ、と言えそうである。「マクドナルド・ハンバーガー」も相変らずの繁昌ぶりだ。ハンバーガーというのは不思議な食べもので、イヤだ、イヤだ、と言いながらも、つい食べてしまう、いや、食べたくなってしまうものらしい。ハンバーガーが日本へ上陸した時、日本側はアメリカの技術指導を受ける前に、「一にスマイル、二に迅速、三に味」の鉄則を断固として守れ、と言われたそうだ。いかにもアメリカさんらしい。日本のマクドナルド店ではどうか知らないが、ホノルルではこの三条件を守って、最近では「チキンバーガー」など新しいメニュウも増えた。日本人がラーメン中毒だと言われるように、アメリカ人はハンバーガー中毒なのかもしれない。

「アメリカにはハンバーガーの他に料理がない」と言われるけれど、私はハワイの名誉のためにも「そんなことはありませんよ」と申しあげたい。チョイスがよく、お金を惜しまなければ、ま、なんとなく大味で乱暴な料理ではあるけれど、美味しいものはたくさんある。ワイキキでランチを楽しむとき、私はシェラトン・ホテルの「ハノハノ・ルーム」か、ロイヤル・ハワイアンの「オーシャン・テラス」のブュッフェに行く。ハノハノ・ルームはアメリカン・スタイルで品数が多く、オーシャン・テラスはスモーク・タンが美味しいのと、コックさんが大俎の上でロースト・ポークやビーフをこちらの好みに切ってくれるのが嬉しい。夕食なら、サンセットで有名なコロニー・サーフ・ホテルの「ミッシェル」。カナダに本店のあるステーキハウスの「ハイズ」、ハワイアン・リージェント・ホテルの三階にある「サード・フロア」などを選ぶ。サード・フロアのつき出しのパテは美味しくて、チャパティに似た焼きたてのパンに、このパテをゴッテリ塗って食べると、「ああ、しあわせ」という気持ちになる。ちょっと足をのばせば、カハラ・ヒルトン地下のレストランも悪くない。日本人は「ビーフステーキの肉が固いじゃないか」と言うけれど、あちらさんに言わせれば、「日本の上等肉なんて、ただフニャフニャしているだけで肉の味がしない」のだそうだから、これは生れたときからの好みで、どうしようもない。「肉というものは、ある程度の歯ごたえがあって、ギュッと嚙みしめてはじめて肉の味がするのが、つまり肉なのだ」と思いこんでいる人に、クドクドと日本の松坂牛の説明をしてみてもはじまらないのである。とにかく、ステーキやローストビーフは、その日の肉のよしあしと焼きかたひとつで勝負が決まるから、絶望と満足のくりかえしの悪循環だけれど、これは食事についてまわる運命だと思って諦めるよりしかたがない。

ワイキキがオアフ島の表通りなら、裏通りは「ダウン・タウン」である。ワイキキからバスに乗って、わずか二十分足らずの距離だけれど、観光客の姿はほとんど見かけない。官庁、銀行、商店、デパート、中華街もあって、昔はここがオアフ島の中心地だったそうだが、いまではさびれて、裏街といったところだ。イオラニ宮殿前の金色に輝やく「カメハメハ大王」の像だけが威容を保っている。もちろんここではワイキキよりぐんと物価も安い。街ゆく人々は、みんな「パラダイス・ハワイ」のための裏方、下働きだから、呑気な水着姿も見られず、なりふりかまわぬハワイの素顔が、ここにはあるようだ。あまり清潔ではない昔風の「床屋」「荒物屋」「ビリヤード」「古本屋」「一膳メシ屋」、小さな映画館やポルノ劇場もあって、ダウン・タウンは生活の匂いで一杯である。

ハワイは人種のるつぼといわれるが、ハワイアン、混血ハワイアン、白人、中国人、朝鮮人、フィリピン人、ポルトガル人、日系人がハワイに在住しており、日系人は総人口の三十パーセントを占めるという。

外国へ旅行したら、表通りだけ歩かずに、ちょっとでも裏通りを覗いてみることが、その国の本当の表情、本当の生活を知るコツだと私は思っている。ワイキキの近代的なホテルや高層ビルのスキ間にも、古ぼけてかたむいた、高床式の昔の家がヒョッコリとあったりする。が、それらの家は遠からずとりこわされて、きれいに化粧されたよそゆきのハワイの建物になるのだろうし、老朽したダウン・タウンもやがては撤去されてしまうかもしれない。それもまた運命だろう。ただ、私はハワイへゆくたびに一度はダウン・タウンをブラついてハワイの素顔の中に自分を置いてみたい、という気持ちになる。この気持ちがいったいどこから来るのか、考えてみても私にも分らない。この世に長く生きすぎた「古人間」の郷愁なのか、よそゆきより普段着に親しみを感じるからなのか、それともワイキキばなれしたからなのか……。このつぎホノルルへ行ったら、ダウン・タウンの小さな広場にあるベンチに腰かけて、ゆっくりと考えてみようと思っている。

（『WINDS』1981年2月）

日系人の笑顔――ハワイ暮らし 3

（56歳）

ハワイに住む日系人は老いも若きも、みんな明るい笑顔をもっている。その笑顔こそ、ハワイの居心地のよさを作っているのだ。
あらゆる辛酸を嘗めつくし、それでも小石を積みあげるようにして、今日の楽園ハワイを築きあげた日系人のことを、最後にどうしても書いておきたい。

私がはじめてハワイを訪れたのは、昭和二十五年。パリからニューヨークへまわり、ロサンゼルスを経て、給油をするために二時間ほどハワイの土を踏んだのだった。当時はパンアメリカンのプロペラ機だったから、飛行時間がやたらと長く、まだ若かりし私もさすがにフラフラになってホノルル空港に降り立ったのだが、その私を待ち受けていたのは、「ハワイ・タイムス」「ハワイ報知」「スター・ブリティン」などの新聞記者とキャメラマンたちだった。彼らは、アッという間に空港の外に横づけされたキャデラックに私を押しこんで「ロイヤル・ハワイアン・ホテル」へとつっ走った。蘭やカーネーションのレイで鼻まで埋まった私は、ただビックリし、暮れなずむ窓外にそびえ立つ椰子の木を見つめていた。現在《いま》から三十年前のホノルルは、ワイキキの賑わいもなく、ピンク色に塗られたロイヤル・ハワイアンだけが、まるで夢のお城のようにポッカリと浮きあがっていた。

高い天井、豪華なじゅうたんの敷かれたロビーでの記者会見で、生まれてはじめて口にする「グァバジュース」なるピンク色の飲みもので一息ついた私は、ようやく、四方八方から飛んで来る質問に答えながら、私を囲んでいる人々を見わたした。熊本弁や広島弁が乱れ飛ぶ。みんな日本人だった。いや、そうではない。私はとつぜん、敗戦直後に、私が所属していた「東宝映画撮影所」を見学に来た、大勢のアメリカ進駐軍の黄色い顔をした、兵士たちを思い出した。「サブロー」「ジョージ」「クニオ」などという名前を持つその兵士たちは、顔は日本人でも日本語はタドタドしく、ハワイ生まれの日系二世のアメリカ人だと言っていた。とすると、このハデなアロハを着た人たちもやはりアメリカ人なのだろうか？　私はなんだかキツネにつままれたような気分のうちに、時間にせかれて再びビュイックでホノルル空港へと送りかえされ、パンアメリカン機は日本に向って飛び立った。

昭和三十三年。ニューヨークで開催される「日本映画見本市」に、女優代表として参加した私は、再びホノルルを訪れた。到着したのはやはり夕方だったが、ホノルルは十年もたたぬ間にすっかり変わっていた。街は観光地らしく美しく彩られ、立派なホテルも増えて、私たちは当時出来たてホヤホヤの「ハワイアン・ヒルトン・ホテル」のロッジに泊った。翌朝、おびただしい小鳥の声に目ざめた私は、ドアを開けて思わず外へ走り出て、呆然としてあたりを見まわした。きらめく太陽、群青の空、エメラルド色に輝く海、風にそよぐ椰子の葉、咲き乱れる花々、そして、あたりにただようジンジャーやプルメリアの強い芳香……。まさにパラダイス、とても地上の風景とは信じられない、天国とはかくもあろうか？　と私は棒立ちになったまま、花の香りに酔っていた。

日本領事館への表敬訪問のあと、フラ・ダンスを見物し、ハワイアン・ルアウの仔豚の蒸し焼きを食べ、ワイキキビーチに寝転がり（私はカナヅチで泳げない）と、私たちは観光客の定食ともいえる「ハワイアン・ホスピタリティ」を満喫したが、私の知りたいことはそういう物見遊山的なことより他にあった。それは、レストランに入れば、街を歩けば、タクシーに乗れば、どこにでも日系人のあたたかい親切があったことだった。私が女優だということなどに関係なく、彼や彼女の笑顔は優しく柔かく、どの人の顔にも目鼻の代りに、「善」という字がペッタリと貼られているかのようだった。「日本にはいない、違う日本人がここにはいるのかしら？」。私はこの人たちの笑顔のルーツを、もっともっと知りたいと思った。

三回目のハワイ旅行は、松竹映画「山河あり」のロケーション撮影のためで、昭和三十六年の十二月のはじめから翌年の一月のおわりまでと、約二ヵ月間ハワイに滞在して仕事をした。「山河あり」は、ハワイの移民史ともいえる、日系人一世、二世、三世と三代にわたる大河ドラマだった。脚本・演出は、わが夫・ドッコイの松山善三、共演者は小林桂樹、田村高広、久我美子さんたちで、ロケ隊は三十人ほどのスタッフで編成され、ハワイのユニオンからは「大道具」「小道具」「照明助手」など、これも二十人ほどの裏方さんが参加した。私は、主役の他に、よく言えば「衣裳監督」、平たく言えば「衣裳係」を担当していたので、ホノルルに到着早々、仕事は全俳優さんの衣裳の点検とアイロンかけから始まった。スタッフのほとんどがはじめての海外旅行だったから、レストランへ入ってもチンプンカンプンで食事をすることが出来ない。ホテルの部屋が台所つきだったのを幸いに、私は五時起きでスタッフのために無料の食堂？　を開き、オムレツを焼いたりベーコンをいためたりして奮闘した。朝食のあとかたづけを終えると今度は俳優に早替り、結髪、メークアップをし、衣裳をつけて、八時出発のロケバスに飛び乗る。朝から日暮れまで、目いっぱいの撮影に疲れ果ててホテルに着いたとたん、扮装のままマーケットに飛び込んで、スタッフのための夕食の材料を仕入れてホテルに戻る。シャワーを浴びてメークアップをおとすと、またまた食堂のオバハンに早替りして夕食の支度にかかる。全員ご招待というわけにはゆかないから、毎晩交替で五人がリミットである。それでも電気釜で二度、ご飯を炊かなければ足りないし、冷蔵庫がないので材料の買いおきがきかず、ハワイくんだりまで「おさんどん」をしに行ったのか「演技」をしに行ったのか分らなかった。夕食のあとかたづけを終えた後は、明日のロケーションを調べ、山のような衣裳をひっかついで、各俳優さんの部屋へ配って歩き、洗濯をすませてベッドに入るのは、いつも一時をまわっていた。今考えても、われながら、よくまァ頑張ったものだと思う。

頑張った、といえば、私たちの撮影のために、ハワイ在住の日系人たちが百パーセント以上に撮影に協力して頑張ってくれたのを私はいまだにありがたく感謝している。誰も彼もが底ぬけに親切で、金銭を無視して献身的にロケ隊のためにハワイ中をかけずりまわってくれたのだった。

一八六八年。いわゆる「元年もの（明治元年）」と称される日本人移民百五十余人がはじめてハワイの土を踏んだ。男はモモヒキに和服の着ながし、女は日本髪に下駄ばき姿だったという。その十余年後に第一回目の官約移民がハワイに上陸し、その後、私的移民、呼寄移民と、移民時代は大正十三年まで続き、二万九千三十余人の日本人がハワイへ移民した。勤勉な日本人移民の労働力は歓迎され、日本人への信用が少しずつ定着していった。移民は日本のほとんどの地方から募られたが、ことに、福島、広島、山口、熊本からの移民が圧倒的に多かったという。

ハワイでは現在《いま》でも各県人会の集まりがさかんだが、山口と広島の二県人会の活動が最も盛んなこと、そして日系人が口を開けばたいていの日本語が「広島弁」であり「山口なまり」「熊本弁」なのは、理の当然なのだろう。

ハワイが、ひょっとしていたら「日本国ハワイ島」になっていたかもしれない、ということをご存知の読者も多いことだろうけれど、ハワイ王国の「デイヴィッド・カラカウア王」が、日本の「山階宮定麿親王」を、カラカウア王の姪に当たる「カイウラニ王女」の婿として迎えたいと、自ら日本を訪ねたのは一八八一年のことだった。当時、山階宮は十九歳。カイウラニ王女は十三歳でイギリスに留学中だったが、日本の皇族は「外国王族との婚儀は前例がない」という理由で、この縁組を辞退した。カラカウア王の希望も空しく、カメハメハ王以来、八十年続いたハワイ王朝は、リリオカイウラニ女王を最後として、一八九三年、八代で亡んだが、もしも山階宮とカイウラニ女王の結婚が成立していたならば、抜けるようなハワイの青空にはいまも日本の日の丸の旗がヒラヒラとひるがえっていたかもしれないのだから、歴史というものは全く面白い。

日本人移民の勤勉さが認められたとはいうものの、じりじりと照りつける太陽の下での砂糖キビ畑の労働はきびしく、ポルトガル人の現場監督の鞭に追い立てられながら、一日十時間、人々は泥と汗にまみれて働きに働いた。綿のように疲れた身体を横たえる当時の住居は「ブタ小屋」と呼ばれるほど粗末なバラックで、「屋根のすき間から星が見えた」と言う。出稼ぎ移民の唯一の念願は、「給料を貯めて故郷日本へ帰りたい」ということである。その日を夢みて、彼や彼女は互いに助け合い、苦しい労働にひたすら耐えて、一日一日を生き続けたのだった。

一八九八年。ハワイはアメリカと合併した。全ハワイを代表するハワイ国大統領ドールが、アメリカ代表のハワイ公使スオールにハワイの王権を献上し、イオラニ宮殿の広場ではハワイの国旗の代りに色あざやかに星条旗があげられた。

昨日まで牛馬のような扱いを受けていた日本人移民も「日系人」と呼ばれることになり、複雑な感情を味わったが、ハワイがアメリカになった以上、今度はまた「故郷の日本恋し」の想いを胸に秘めつつ、アメリカに忠誠を尽すよりほかに生きる道はなかった。この頃は移民の中にも「ハワイへ骨を埋めよう」と決心した人々も多く、日系人たちは執拗な差別と偏見の中で必死の努力を重ね、ことに二世に学力をつけるためには、それこそ必死に働き、有り金をはたいて頑張った。そして、ようやく人間らしい生活が出来るようになって、ホッと一息ついたとたんに、今度は日系人を徹底的に打ちのめすような事態が突発した。一九四一年十二月八日の日本海軍による「真珠湾爆撃」であった。

ハワイ在住の日系市民は、このニュースにただ呆然とし、己れの耳を疑った。昨日までの日系人に対する信用や信頼は一夜にして水の泡となり、再び「ジャップ！」とののしられ、敵国人として扱われ、スパイの汚名まで着せられた。真珠湾の奇襲は、その戦果が大きかっただけに、アメリカ人の日系人に対する憎しみも深かったのだろう、一世、二世の日系人三百余人がただちに検挙され、ホノウリウリの抑留所に、全く着のみ着のままで抑留された。

四面楚歌の疑惑を解き、失なった信頼をとり戻すには、アメリカに対して、身を以って忠誠を示すより方法はなかった。「死を以って汚名を濯ぐ」日系二世の青年たちは、続々とアメリカ軍に応召していった。ハワイで編成された二世部隊「第一〇〇部隊」と、アメリカ大陸・ハワイ二世の編成で組織された「四四二部隊」は、イタリア戦線に送られてドイツ軍と闘った。二世兵士たちは鉄カブトで米の飯を炊いては頑張ったという。二世部隊のファイトと戦果はめざましく、賞讃はされたものの犠牲も大きく、五〇六人の日系二世の兵士が戦死を遂げた。ハワイ全島からの応召兵戦死者八〇六人のうちの五〇六人が日系二世であったのをみても、日系二世兵士の戦場における勇気とファイトのはげしさを眼のあたりに見る思いがする。日系二世が文字通り「命をかけて」払った犠牲と交換するように、やがて、日系人の上に、信頼と信用が戻って来た。五〇六人の日系兵士たちは、いま、ホノルルの国立墓地「パンチボール」の緑の芝生の中に眠っている。

ジャンボジェットの時代を迎えて、年間五十万人以上の日本人が太平洋のパラダイス「ハワイ」へ遊びに出かけてゆく。世界にはたくさんの名所景勝地があるけれど、風の爽やかさ、海の碧さ、緑の美しさ、その上に人情こまやかな人々の住むハワイほど観光客にとって居心地のよいところはない。ただ風景を楽しみたいだけなら、私のような無精者にとっては絵ハガキやテレビや映画でも充分間に合う。けれど、そこに住む人々に接するためには、こちらから出向いてゆかなければ、顔を見ることも話をすることもできない。

ハワイに住む日系人は、老いも若きも、みんな明るい笑顔を持っている。その笑顔がハワイの居心地のよさを作っているのだ、と気のつく人が、果たして観光客の中に何人いるだろうか？その笑顔が、何時《いつ》、どうして作られたのか、を考える人が何人いるだろうか？　観光客はそれを知らないだろうし、旅行案内のパンフレットにも記されてはいない。ハワイ在住の日系人たちは、三世、四世は別として、牛馬の如くコキ使われた移民時代の辛さ、真珠湾爆撃によって失なった自分たちの地位や信用や財産への哀惜、長期間の差別と偏見への挑戦……そのいずれかを経験していない人はないだろう。あらゆる「他国者《よそもの》」としての辛酸を嘗めつくし、涙も流しつくし、それでも小石を積みあげるようにして今日の楽園ハワイを築きあげたのだった。ハワイは彼らの血と涙と汗を土台に出来上がった「楽園」なのだ。

アメリカ全体から見れば、ハワイは大都会でもなく、田舎の一観光地である。もちろんスマートな洗練された日系人も少ない。現在の日系人は、財産はあっても遊ぶ方法を知らず、美味を追う楽しみも知らない。彼らの楽しみはせいぜい「日本旅行」をするか、家を新築するくらいで、生活は至ってつましい。過去の彼らにはいつも自己防衛という大仕事があり、遊びを覚えるヒマもなければ贅沢をする金もなかった。現在の彼らの夢や期待のすべては、いまはまだ幼ない孫や曾孫にかかっているのだろう。けれど、現実には三世、四世は全くのアメリカ人で、日本語はおろか、日本への郷愁など全く持ち合わせていない。彼らにとっての「日本」は、メキシコやアフリカと同様のただの異国なのである。天皇、皇后の写真を居間に飾り、正月には雑煮とおせち料理にこだわるグランパやグランマの心境に、彼らの理解が及ぶべきはずもない。老人たちは早朝からショッピングセンターのベンチや公園に集まって、日がな一日、お喋りをしているけれど、家庭内での老人は孤独のなかでひとり淋しさに耐え、テレビの日本番組を見たり、ラジオの日本語放送を聴いたりしているようである。幾つかあった日本語新聞もやがては読者を失って消滅するだろうという噂もある。

尾崎さんはもう八十歳に近い。もとハワイタイムスの編集長だったそうで「真珠湾事件」のあと、アメリカ本土の抑留所に収容された。リタイアしてからは、ワイキキをドライブしながら迷子になった日本人観光客をホテルまで送ってあげたり、案内をしてあげたりするのが楽しみのひとつだったという。尾崎さんは幼ない頃、過まって釘を踏み抜き、医者にかかる金がないままに傷が固まって、いまでも片足をひきずっている。子供たちはそれぞれ独立して、いまはワイキキの外れに奥さんと二人で住んでいるけれど、最近、脳溢血で倒れて言葉が不自由になった。彼の唯一の誇りは多年にわたる功績によりホノルルの日本領事館で、勲六等瑞宝章を授与されたことである。

日野さんは七十八歳。過去五十年間「布地屋」ひとすじに生きた商人である。現在も早朝からショッピングセンターにある店頭に出て頑張っているが、子供たちはやはり独立してしまい、日野さんの仕事を継ぐかんじんの後継ぎがいない。「私一代でこの商売は終りですねぇ、私もそろそろ疲れました」と言う日野さんの笑顔にはちょっぴり淋しい影が見える。

共働きの合間に私の寝巻を縫ってくれる岡山さんは六十歳。一時間三ドルの時間給で一週四十時間働いているが、収入は自分の小遣いとして使えるいい身分である。子供は女と男の一人ずつ。二年前の夜、ワイキキで息子さんが交通事故で亡くなった。弟と仲のよかった姉さんは、それ以来自宅に帰ることを嫌って、人が変わったように出歩いてばかりいる。「一度に二人とも失ったようで淋しくて」と、岡山さんは私に会うたびにポロリと涙をこぼす。

十年前、私がホノルルにアパートを借りたとき、一階下のプールのある芝生の庭を、仲よく肩を並べて散歩している三人の老人がいた。一人は背の高い黒人で、もとは有名な弁護士だったという。あとの二人は白人で、三人は毎朝毎夕、ハンコで押したようにプールの周りをゆっくりと歩いていた。やがて三人が二人になり、何時《いつ》の間にか黒人のオジサン一人になってしまった。あの二人のオジサンは何処かへ引越したのだろうか？　それとも死んでしまったのかしら？　黒人のオジサンは十年前と同じツバの広い帽子をかぶって、十年前と同じテンポで散歩を続けているけれど、オジサンの心の中にはどんな想いがつまっているのだろう、と私は胸が痛い。

ハワイの太陽は相も変わらず銀色に輝き、海は今日も美しく、打ちよせる波の歯は清々と白い。椰子の葉をわたる風の音も十年一日さわやかにこころよいけれど、そこに住む人々の人生には今日も悲しみや苦しみが通りすぎてゆくようである。

それでも、日系人のオジサンやオバサンの顔は、まるで長い苦行の果てに悟りを開いた高僧の笑顔のように慈愛に満ちてカラリと明るい。ハワイに惚れて、ついにはアパート住まいをするまでになってしまった私の「ハワイ参り」は、どうやら、この笑顔にひかれてはじまったようだ。

（『ＷＩＮＤＳ』１９８１年３月）

私の転機——虚像を捨てたパリ行き　（58歳）

昭和二十六年、二十六歳だった私は、当時ピカ一といわれた華やかな〝人気スター〟であった。出演料は最高、断りきれぬほどの仕事が殺到し、どこへ行っても特別扱いで、人々はチヤホヤしてくれた。後援会が設立され、会員が集まり、銀座のど真ん中に「高峰秀子事務所」が開かれた。撮影所では最高の個室が与えられ、自動車の送り迎えがつき、家へ帰れば七人の使用人が私にかしずいてくれた。他人から見れば、まことに結構なご身分というところだったろう。

が、たった一人、そんな女優のどこからどこまで全部が気にくわない、と思っている人間もいた。それは当の私、高峰秀子であった。いや、高峰秀子よりはもう少しマシでまともなもう一人の私、平山秀子（本名）であった、という方が当たっている。

私は五歳で子役になった。これもまわりの人々から子役にされたということだろう。私はあいにくと演技をすることが苦手だった。以来、苦手のまま、苦痛のまま映画界の中で日を重ね、少女になり、娘になり、そして女になった。四六時中、しらけた目つきで自分をみつめ、映画界を眺めながら、女優から逃げ出すことばかり考えていたふらち者であった。

が、ダメ女優だからといって、私は決して仕事を怠けていたわけではない。私は私なりに努力はしてきたつもりである。だから映画を一本撮り終えるたびにガックリと疲れて、ますます女優商売がイヤになった。

「そんなにイヤならやめたらよかろう」と、他人は思うだろうけれど、親族や私のまわりで働いてくれる人々の生活を一身に背負っていた私は、プイと無責任に女優を廃業するわけにはいかなかった。がんじがらめの金銭製造機である。

ゴールのないマラソンコースをやみくもに走り続け、ふと気がついた時、私はすでに二十六歳になっていた。人生五十年というならば、その半分を過ぎたことになる。私はあわてた。人気スター高峰秀子という虚像を追いかけるのは、もう限度だった。公私ともに疲れ果てた私は、欲も得もなく、かつがれているおみこしの上から飛び降り、何もかもおっぽり出して、パリへ旅立った。海外逃亡である。

花火のようにはかない人気。あぶく銭のような高収入。その金に群がり集まる人、人、人……。私は日本でも十分に孤独だったけれど、半年間のパリの生活は真実、孤独そのものだった。しかし夜逃げ同然のようにして自分の過去を捨てにいった私にとっては、痛いほどの孤独もまた貴重な経験であった。

たった半年くらい日本を離れたからといって、がらりと人間が変わるはずもないが、私はパリで、平凡な人間として普通の生活を経験したことで、ほんの少々でも進歩があったのではないか？　と、自分でおもう。キザな言いかただけれど、日本での私は、いつもおでこに〝スター〟という字が張りつけられていて、私が私でいられることは皆無だったからである。いま考えてみると、私の転機は幾つかの心あたりがあるが、やはりパリへの逃亡がいちばん大きな転機だったとおもう。もし、思い切ってパリへ行かずに、あのままおみこしの上に祭りあげられていたとしたら、私はいまごろどうなっていたかと思うと、ゾッとする。

それにしても、人間は捨てなければ新しく拾うことはできないというのが、私のパリ行きの大義名分だった。

（『朝日新聞』1983年2月22日）

＊1990年代
（66歳）

カメラの中の私――「あとがき」にかえて

「女優」になる条件の第一は、当然のことだが、まず「女優になりたいか、なりたくないのか」という当人の意志だろう。

優れた資質と、頑健な身体の持ち主であること、万人に好まれる「華」をそなえていること、そして努力と忍耐の人であること……などがそれに続くが、まだ西も東も分らない四歳のときに、囲りの大人たちの意志で「映画界」に放りこまれた私には、それらに見合う条件はなにひとつなかった。

昭和五年。松竹映画撮影所に入社当時の自分の写真を見ると、出来損ないのドラヤキのごとく、ただペッチャンコである。が、はじめからベソをかいたような私の顔が、当時流行《はやり》の「母もの映画」「お涙頂戴映画」には、分りやすくて都合がよかったのかもしれない。

映画撮影の他に、一カ月に一度、「ブロマイド」の撮影があった。着せかえ人形のように衣裳をかえては、二十版ほどのブロマイドを撮る。一版につき、二十枚のブロマイドが撮影の謝礼だった。

ブロマイドはよく売れた。

他人の子供の写真を買って、いったいどうするのだろうかと不思議だが、映画と芝居くらいしか娯楽のなかった昔のことだから、猫か仔犬の写真でも飾って楽しむのと同じようなものだったかもしれない。カメラの前に立ったら、なんでもかんでも「ニッコリ笑って…」と教えこまれて、みそッ歯をムキ出していた私をおもうと、なんとなく哀れだが、その写真を眺めることでなんらかの慰めを得ていた人々の心情は、いっそう哀れである。

私の娘時代は、戦争に明け、戦争に暮れる毎日だった。おかげで私には青春などという結構な経験もなく、撮影所の帰りには風呂焚き用の枯枝を拾いに行ったり、大日本帝国の陸海軍への慰問隊の一員として、航空隊の格納庫や兵舎の食堂で下手くそな歌を歌っていた。

戦時中は、映画もほとんど男性主演の「兵隊もの」ばかりで、女優の出る幕は少なかったが、なぜかブロマイドはよく売れた。

当時のブロマイドはまことに体制べったりで、陸海軍の小旗をかざしたり、「国防婦人会」のタスキを肩にかけたりして、私は相変らずニッコリと笑っている。

男たちは続々と出征し、女たちはせっせと「慰問袋」を作っては前線の将兵に送った。「慰問袋」というのは、手ぬぐいを二つ折りにして袋に縫ったもので、内容は、皇軍の兵士をねぎらう手紙をはじめとして、石鹸、菓子、人形などのこまごまとした物に、必ず女優のブロマイドが加えられた。

私のブロマイドもまた、慰問袋に入って大量に中国の各地や南方へと海を渡って行ったらしい。らしいというのはヘンだけれど、毎日撮影所に配達される、みかん箱に一杯ほどのファンレターのほとんどが、戦地からの「軍事郵便」だったからである。

「もしも、生きて帰ることができたら、あなたに似た女性と結婚したいとおもいます」

「昨日、自分の隣りにいた戦友が戦死しました。戦友のポケットに、あなたのブロマイドが入っていました。自分のポケットにもやはりあなたのブロマイドが入っています。自分もまた、いつ戦死するか分りません。あなたを戦死の道づれにするのは忍びないので、ブロマイドはあなたに送りかえします」

「中支の民家で仮睡したとき、民家の天井に貴方のブロマイドが貼ってありました。はがして持ってきたいと思いましたが、後続の兵隊のために、そのまま残してきました」

「慰問袋に入っていたあなたの写真のおかげで、今日までどんなに慰められたかしれません。自分は多分、今度の作戦で戦死するでしょうから、返事はいりません。ありがとうございました」

軍事郵便ばかりでなく、南方の将兵からは、差出人の名前もなく、ミッチェルの口紅一本、フランス製の石鹸二個などという小包も届いた。あて先はほとんど、「日本国高峰秀子様」あるいは「日本国　東宝映画　高峰秀子殿」で、よくも到着したものだとびっくりするが、書いた手紙が着こうが着くまいが、一枚の紙に焼きつけられた、もの言わぬ女性の映像に向かって、なにかしらを語りかけなくてはいられない、兵士たちの切実なおもいが伝わってきて、居たたまれないような気持ちであった。

差出人が出す一方的な手紙を、私はただ受け取るだけ……とはいうものの、ブロマイドという自分の「影」が、勝手にあちこちと一人歩きしていることに、得体の知れない不安と脅えを感じるようになった。

「戦死した息子の遺品の中に、あなたのブロマイドがございました。所持者がいなくなりましたので、お返しさせていただきます。息子を慰めてくださいまして、ありがとうございました」

という、あるお母さんからの手紙に同封されていた私のブロマイドは、四隅がすり切れて、血糊で茶色く染まっていた。

その手紙を最後のように、戦争は終わった。

＊　＊　＊

五十年余りの女優生活で、私は約四百本の映画に出演した。本人でさえ、完成した全作品を見たことがないくらいだから、その間に写されたブロマイドやスチール写真の数などはもちろんおぼえてもいない。

ブロマイドは単なる肖像写真だが、スチールは映画の場面の一コマと同じである。撮影現場には、常時スチールカメラマンがついていて、ポスター用、宣伝写真用などの写真を撮り続けている。

映画の撮影期間中は、私は、役名の何の何子という架空の人物を演じている。不思議なもので、メークアップをし、衣裳をつけて演技をしているときの私は、背中を撮られようが、足の裏を撮られようが、平気、というより無関心に近い。なぜなら、何の何子さんは、私自身ではないからだ。私の仕事は、脚本に書かれている一人の人物に「どうやって、血を通わせるか」「どうやって、映画のためのよりよき素材になるか」と、考えるだけである。

だからといって、あとは野となれ山となれ、というわけにもいかない。映画がクランクアップしてから、大体二カ月後には映画館で上映されて、映画ははじめて観客にお目見得する。その頃は、私はすでに次の映画の準備に入っていて、前の映画などはとうにカンケイなくなっている筈なのだが、そうもいかないのである。

前の映画が封切りされると同時に、映画を観て下さった方々からの手紙が多くなるからだ。とくに、日本人の三分の一といわれる観客動員を記録した「二十四の瞳」という映画の封切りのあとは、年配の方から小学生にいたるまで、手紙の数もとりわけ多かった。中でも、思いがけなかったのは、小学校、中学校の教師からたくさんの手紙をいただいたことである。

「教師という職業に自信を失い、明日辞表を出そうと決心したその夜、二十四の瞳を見ました。あなたの演じた大石先生は、私の決心を替えました。もう一度、教師として頑張ってみたいと思います」

「大石先生のクラスの生徒は十二人ですが、私の受け持つ生徒は五十人です。到底、五十人の生徒の全員には目も心も届かず、日夜悩んでいます。教師としての私の努力が足りないのでしょうか。あなたの御意見をお聞かせ下さい」

「現在の、教師という職業のありかたには多くの疑問があります。しかし、大石先生は、私が忘れていた一番大切なものを思い出させてくれました。明日からは、生徒にとって、よりよき教師であることに専念します」

それらの手紙を前にして、私はただ途方に暮れるばかりだった。どの手紙の内容も、ファンレターなどとは程遠く、あまりに切実であり、深刻であり、いいかげんな返事など書ける筈がなかった。

第一、私は大石先生ではないし、大石先生は私ではない。私はたまたま「大石先生」という教師の役を演じた、女優という職人にしかすぎないのである。

戦争中、ブロマイドという私の影が一人歩きしたように、映画の中の私の影もまた、一人歩きをして、ときどき私を困らせる。

＊　＊　＊

「写真」という字は、真を写す、と書くけれど、写される側に、その覚悟がない限り、「真」は絶対に写せないものなのである。

映画の中にも、スチール写真の中にも、私自身はいない。ブロマイドという紙に焼きつけられて、営業用の薄笑いをしている私も、私自身ではない。

それなら、こんな「写真集」など、なんの意味もないではないか、と言われそうだが、写真はまた、真を写すばかりが能ではない、と私はおもう。

この写真集は、写真は「真」を写さない、という見本なのです。

＊　＊　＊

「人づきあいはしない。物事に興味を持たず欲もない。性格きわめてぶっきらぼう」という私を亭主の松山善三は「変人」だという。三十六年も連れそった亭主が言うのだから、多分そうなのだろう。

そんなやくざな私が、日頃敬愛する諸先生からたくさんのお言葉を頂戴できたことは、ただ、ただ、冥利につきる喜びである。

一世一代の素直な気持ちでお礼を申し上げます。

ありがとうございました。

(『不滅のスター　高峰秀子のすべて』出版協同社、1990年5月)

豚足——私にとってのご馳走

（72歳）

映画やTVで活躍している「女優」のイメージというと、いい格好をして豪邸に住み、さぞ美味しいものばかり食べているのだろう、と、世間の皆さんはお思いだろうが、聞くと見るとは大ちがい、仕事中の食事はエサを通りこして、再びつっ走るための燃料補給に近い味気なさである。

一時間の食事時間中には、衣裳の手入れ、化粧なおし、その間にインタビュー取材なども加わるから、食事をする時間はほとんどなく、手っとりばやいラーメン、ソバのたぐいを、化粧台の前であたふたとすすりこむ。ロケーション撮影の現場での昼食はハンコで押したごとく駅弁か、スーパーマーケットのお弁当。徹夜仕事には握り飯か、のり巻きが支給される。一見、華やかな「スターだ」「女優だ」といってもしょせんは肉体労働者で、よほど頑健な身体の持ち主でなければつとまらない。したがって、売れる女優ほど食べるヒマがないから、四六時中、慢性慾求不満という病気にかかっている、ということである。

女優時代、ロクなものが食べられなかった私は、あわよくば、どこかの大金持ちと結婚をして、食前食後にも山海の珍味を食べ狂い、百貫デブになろう、とひそかに企んでいた。が、私の前に現れた結婚の相手は、なんと月給は一万二千五百円、財産はリヤカー一杯分の古本のみ、という貧乏書生で、百貫デブへの夢はあえなく消え去った。

そんな私たち夫婦が、いつの間にか、いっぱしに、美味いの、不味いの、とゴタクを並べられるようになったのは、生前、可愛がっていただいた、いまは亡き梅原龍三郎画伯と谷崎潤一郎先生のおかげである。

鯛のおつくり、ぼたん鱧《はも》、と、日本料理びいきの谷崎先生は、「中国料理ってのは、ゴミためみたいですなァ」と仰有り、キャビア、フォアグラが大好物で、フカのヒレの煮込みをこよなく愛した梅原先生は、「日本料理は、ひたすら風を喰ってるようなものだな」と仰有って、頑として御自分の嗜好を押し通されたが、両先生の間をピンポン玉のように往復して御馳走になっていた私たちは、超一流の「ゴミため」も「風」も充分に堪能させていただいてシアワセだった。

私は今年七十歳を越えた。七十年も食べ続けてきて、さて、私のゆきついた好みの味は？　とあらためて考えてみたら、われながら妙なものばかり、例えば
魚なら、おなかの部分。

牛なら、舌か尻尾。

鶏なら、皮かキモ。

豚なら、豚足《とんそく》。

羊なら、骨つきロースト。シャンク（すね肉）。

と、穴居人間さながらで、梅原、谷崎、両先生の優雅にして高度な食味教育のかげもかたちも見当らない。

私は今日も「ウマイ、ウマイ」と、骨つき豚足をしゃぶっている。

（『ノーサイド』1996年5月）

神サマが渡してくれたもの

（73歳）

昔、といっても昭和のはじめころまでの子供たちは、ほとんど、読み書き、ソロバンさえおぼえれば、手に職を、という親の意志で小学校を出るとただちに社会へと追いたてられた。私も、その中の一人だった。

五歳のとき、ひょんなことから「子役」として映画界に放りこまれた私は、ベビースターとして何本もの映画のかけもちで忙しく、当時は児童に関する労働基準法など無かったから、徹夜に続く徹夜の仕事でほとんど寝るヒマもなかった。

六歳になり、人並みに小学校へ入学はしたものの、一カ月に三、四回しか学校へ行くことができない。たまに教室へ入っても授業はどんどん先きに進んでしまっていて、私一人だけがチンプンカンプンでキョロキョロするばかり、読み書き、ソロバンもへったくれもなかった。が、そんな私にも「神サマ」はいた。担任教師の指田《さしだ》先生という男の先生である。先生は母子家庭の私の家にたびたび足を運び、生活費は子役の私の収入の他にはないことなどを知ったのだろうか、私と養母が地方のロケーション撮影や、京都の撮影所へ長期の出張をするときには、必ず、上野や東京駅まで見送りに来てくれた。そして、先生の手には必ず二、三冊の子供の本があった。

忘れもしない、「コドモノクニ」「小学一年生」……美しい絵本の数々……私はそれらの本を抱きしめて、心底嬉しく、穴のあくほどくりかえし眺めては、ひとつ、またひとつ、と文字をおぼえた。私があやうく文字を知らぬ者になるのをまぬがれたのは、全く指田先生のおかげだった。私は、指田先生のフルネームも知らぬまま、蒲田小学校から大崎の小学校へ転校してしまった。指田先生とはそれきり会うこともなかったけれど、指田先生は私の「神サマ」として私の胸にしっかりとやきついた思い出の方であった。

昭和四十年ごろだったろうか、私はテレビの人気番組だった「御対面」に出演した。テレビ局が内密に探した或る人物が突然現れて、「御対面！」というたあいのない公開番組である。ドラが鳴り、BGMにのって、私の目の前に現れたのは、なんと、私の「神サマ」、指田先生その人であった。広い額、ちょっとアゴの張った顔、きちんとした背広姿……「指田先生！」、私は思わず走り寄って先生にしがみついた。その私に、指田先生は静かに口を開いた。

「私は、指田の息子です。父は十年前に亡くなりました」

「………」

絶句、棒立ちになった私の姿がよほどおかしかったのか、会場は大爆笑になった。考えてみれば、昭和五年当時の指田先生は三十歳そこそこ、私は六歳の子供だったのだ……。

会場にうず巻く笑い声の中で、私の頰に、わけのわからない涙がツーとすべり落ちた。

（『週刊文春』1998年1月15日）

＊2000年代

（79歳）

メモに記された美しい文字

美智子さまに私がお目にかかったのは、昭和三十七年のことだった。当時、夫、松山善三が監督して私が出演した「名もなく貧しく美しく」など、いくつかの映画を皇太子さまと美智子さまがご覧になる機会があった。私もその場所に居合わせたが、両殿下が身を乗り出すようにして画面をみつめておられたのを覚えている。

数カ月後、宮内庁の皇太子の侍従と名乗る方から、わが家へ電話が入り、「お夕食後、一時間ほどお遊びにいらっしゃいませんか」という。そこで、松山と共に赤坂東宮御所へ参上させていただいた。

飾り気のない部屋へ通されて長椅子へ腰を下ろすと、皇太子さまと美智子さまが入ってこられた。皇太子さまはお持ちになられていた世界地図をテーブルの上へ広げられ、「松山さんはお仕事柄、あちこちの国をご存じでしょう。私たちは明朝出発して、この国とここ、そして、ここへも行きます。どんなことでも、御意見があったら教えてください」とおっしゃった。その指先を目で追ううちに、部屋の中は一瞬にして和やかな雰囲気に変わった。

話をはじめると「夕食の後で」という話だったのだが、次々と御馳走が運ばれてきた。白木の折敷に載ったぎんなんや小鯛ずし、黒塗り椀のお吸い物。皇太子さまは相当なスピードで御馳走に箸を伸ばし、美智子さまもそれにならっておられる。私たちは実は夕食は済ませていたのだが、野暮なことも言えないのでせっせと口に運んだ。気がつくと約束の一時間はとうに過ぎていたが、皇太子さまはすっかりリラックスされたご様子で、各国の話題や映画の制作過程など話は尽きない。皇太子さまはよくジョークをおっしゃり、その都度笑い声が起きる。美智子さまもよくお笑いになった。「ワハハハ」とバンザイをなさったり、二本の足が宙に浮いてしまったり、お笑いになること自体を楽しんでいらっしゃるようで、そこにはなんの屈託もない、明朗な素顔の美智子さまがおられた。

私たちは結局二時間半ほどお邪魔して帰途についた。おもえばふしぎな夜だった。

数年後の夏のある日、偶然両殿下と同じ列車へ乗り合わせたことがある。東京駅から軽井沢へ向かう列車に乗ると、窓外のホームがやけに慌ただしい。やがて静かになると、皇太子さま、続いて美智子さまがホームを歩いて来られた。美智子さまのお顔が見えたとき、チラリと視線がこちらに動いたようにも見えたが、すぐにお姿が消えた。

ところが発車してしばらくすると、二つに折られたメモ用紙を持った背広姿の中年男性が私のところへ来て、私に手渡すと一礼して戻っていった。そこには、こうあった。

「おそばに伺ってお話をしたいと思いますが、そうもいきませんので。美智子」

ペン書きの、美しい文字だった。

（『文藝春秋』２００３年11月）

沈黙の知　〜亡き母・高峰秀子に捧ぐ

斎藤明美

朝起きて布団から出て、洗面所に行って顔を洗い歯を磨き……、人はこのようなルーティーンと思える日々の動作をする時、一つ一つを自覚しながら行っているだろうか？　夜、衣服を脱いで風呂に入り、上ってタオルで身体を拭いて、寝間着に着替えて……、これら毎日繰り返す動作について、人は意識して動いているか？

たいてい無意識ではないだろうか。少なくとも私の場合は無意識に動いていると思う。

それが、高峰は、違っていた。

本書を読み終えた時、ハタと私はそう思い至った。

そして、高峰について私が抱いていた様々な謎が一気に解けた気がした。

だから忘れ物をしなかったのだ。

だから探し物をしたことがないのだ。

だからどこかに身体をぶつけたり、けつまづいたり、転んだりしなかったのだ。

だから人との約束の日時を決して違えず、一度も遅刻したことがないのだ……。

私は高峰が〝失敗〟というものをしたのを、見たことがない。

いや、正確に言えば一度だけある。

ある日の夕方、台所で高峰が「あんたはこんなものが食べたいんだろ?」と言って、ヒジキの煮物を作ってくれることになった。

彼女は戸棚からまだ未開封の干しヒジキの袋を取り出し、流しで袋にハサミを入れた。

「あッ、かあちゃん、そこを切っちゃダメなのに……」

「あ、そうか」

高峰は既によく切れるハサミでジップロックの下をバッサリ切ってしまっていた。

彼女の世代にとって、いつからか付き始めた、食品の袋を開封後も再び密封できるジップロックは馴染みがないのだと、私は思った。

だがいずれにしろ、高峰の〝うっかり〟を私が目撃したのはこの時ただ一度だけである。

いつか、高峰の夫・松山善三が私に言ったことがある、

「かあちゃんは結婚して五十年、皿一枚割ったことがないよ」

驚いたが、同時に私はひどく納得した。

高峰は、仕事によらず家庭生活でも、無意識や上の空がない。どんな些細な動作をする時にでも、対象物とその周囲をよく見て、その後に続く動作も頭に入れた上で動いている。そして動きが正確だ。つまり、指の先に至るまで神経がいきわたっているのである。

松山はこんなことも私に言った、

「かあちゃんの台所仕事は、のろいけど、早いんだよ」

名言である。

急いで失敗して時間をロスするより、ゆっくり確実に動いて絶対に失敗しないほうが、要する時間は少ない。合理的だ。

考えてみると、次の高峰の言葉にそれは表れていたのだ。

私が自分の脇腹の肉をつまんで、「この頃、太っちゃって……」とボヤいた時、彼女がきっぱりと放った一言。

「緊張してたら太りません」

意識して神経を全身にいきわたらせること。即ち緊張である。

もっとも私から見れば、高峰におけるそれは、もはや無意識の域に達していたと思えるが。

そのような随意的な脳の働きによる意識や考えを、高峰は全く表に出さなかった。

だから結果だけしか見えない第三者には、非常にスマートに見えるのだ。

ということは、何かをする時、高峰の頭の中は、その静かな面差しとは裏腹に、精密なコンピュータのようにフル回転していたはずである。

思えば、今のような意図はなかったが、私は高峰が常に緊張していることについて訊いたことがある。

「疲れない？」

やはり一言で高峰は応えた、

「性分です」

彼女の意識は既に無意識の領域に達していたのである。

だがそう難しく理論だって考えなくても、おそらく高峰に限らず、今や絶滅してしまったと言える多くの〝昔の日本女性〟は、同じようにして、夫や子供、誰かのために黙って〝考えながら〟料理を作り、掃除をし、洗濯をして、あらゆる家事を、家族の誰一人にもその頭の中で考えている段取りや注意事項を知られることなく、出来上がったカンファタブルな結果だけを、相手がそれをあたかも当たり前で自然なことと受け取るほどスマートに行っていたのではないだろうか。

その意味で、高峰は古く正しい女性だった。

だからこそ私は、本書を読むと、圧巻の思いがするのだ。

同じ年代に書いた随筆群ではなく、二十二歳のまだ少女の香りが残る時期から老成して人生の達人となった七十九歳までに著した四十六本の随筆群には、日頃発露することのない高峰の〝思考〟が、何か秘密の宝箱の蓋でも開けるように、ドキドキとして私には感じられるのである。食、衣、旅、映画の仕事、少女の心、男性観、ハワイのこと、骨壺、トイレ考……。あらゆるテーマに、あらゆる年代に、高峰秀子という一人の人間の思考回路が惜しげもなく公開されている。

殊に、二十五歳で書いた「デコの道場」。

これほど直截に、情熱的に、切迫感をもって、高峰が自身の頭脳の動きを、我を忘れたように表明している随筆は、ない。

単に若かったという事実だけでなく、以後も高峰の頭の中では、それらが形を変えただけで、実は同じようにより良い回答を得ようと脳が精一杯働いていたように思われて、私には新しい発見だった。

以前、私は高峰に、「できることなら、かあちゃんの脳みそをチューッて、私の頭に移したい」と言ったことがある。確か、二度言った覚えがある。

何をバカなというように、二度とも高峰は微かに笑って相手にもしてくれなかったが、私は本気だった。

怖いほど真剣なくせにユーモラスで、冷徹なほど意志が強いのに情け深く、ついでのようにして鋭い真理を吐く。

こんな人の脳みそが欲しいと、心底私は思った。

一体、この人は何を考えている？　この人の頭の中はどうなっている？

出逢ってから二十余年、ずっと私が抱いていた思いであり、今も、これからも抱き続けるであろう思いだ。

その答えが、本書にはある。

平成二十九年十月

文筆家／松山善三・高峰秀子養女

高峰秀子

（たかみね・ひでこ）

1924年、函館生まれ。女優、エッセイスト。五歳の時、松竹映画「母」で子役デビュー。以降、「カルメン故郷に帰る」「二十四の瞳」「浮雲」「名もなく貧しく美しく」など、300本を超える映画に出演。『わたしの渡世日記』（日本エッセイスト・クラブ賞受賞）『巴里ひとりある記』『まいまいつぶろ』『コットンが好き』『にんげん蚤の市』『瓶の中』『忍ばずの女』『いっぴきの虫』『つづりかた巴里』など著書多数。夫は脚本家で映画監督の松山善三。2009年、作家・斎藤明美を養女に。2010年死去。

ダンナの骨壺

幻の随筆集

二〇一七年一一月二〇日　初版印刷
二〇一七年一一月三〇日　初版発行

著　者――高峰秀子
発行者――小野寺優
発行所――株式会社河出書房新社
東京都渋谷区千駄ヶ谷二-三二-二
電　話――〇三-三四〇四-一二〇一［営業］
〇三-三四〇四-八六一一［編集］
http://www.kawade.co.jp/
組　版――有限会社マーリンクレイン
印　刷――三松堂株式会社
製　本――三松堂株式会社

ISBN978-4-309-02632-9
Printed in Japan

高峰秀子・著

コーちゃんと真夜中のブランデー

「二人はまた会えるかもしれないね」
心友・越路吹雪の思い出から、
ファンレターの少年への
切なさまで――。高峰秀子の、
人間への限りない愛情が溢れ出る。
単行本未収録エッセイ集。

河出書房新社